o marinheiro em terra

Bernard Giraudeau

o marinheiro em terra

ROMANCE

Tradução de
ANDRÉ TELLES

EDITORA RECORD
RIO DE JANEIRO • SÃO PAULO
2009

CIP-Brasil. Catalogação-na-fonte
Sindicato Nacional dos Editores de Livros, RJ

G435m Giraudeau, Bernard, 1947-
O marinheiro em terra / Bernard Giraudeau; tradução de André Telles. – Rio de Janeiro: Record, 2009.

Tradução de: Le marin à l'ancre
ISBN 978-85-01-08114-8

1. Romance francês. I. Telles, André. II. Título.

09-1295

CDD – 843
CDU – 821.133.1-3

Título original francês
LE MARIN À L'ANCRE

Editions Métailié, Paris, 2001
Editoração eletrônica: Abreu's System

Texto revisado segundo o Novo Acordo Ortográfico da Língua Portuguesa

Todos os direitos reservados. Proibida a reprodução, no todo ou em parte, através de quaisquer meios.

Diagramação: Abreu's System

Direitos exclusivos de publicação em língua portuguesa somente para o Brasil adquiridos pela
EDITORA RECORD LTDA.
Rua Argentina 171 – Rio de Janeiro, RJ – 20921-380 – Tel.: 2585-2000
que se reserva a propriedade literária desta tradução

Impresso no Brasil

ISBN 978-85-01-08114-8

PEDIDOS PELO REEMBOLSO POSTAL
Caixa Postal 23.052
Rio de Janeiro, RJ – 20922-970

EDITORA AFILIADA

para Marie e os "soldadinhos"

Um dia você me escreveu como quem não quer nada, como quem escreve a um viajante, para ter notícias. Você me lançou uma boia na qual me agarrava. Alcancei-a na passagem entre duas ondas. E depois os anos... eu partindo, você ficando, eu partindo, você ficando — dez anos!

Roland tinha uma cabeçorra doce e inteligente. Usava óculos. Seu corpo era exíguo, socado, torturado. Vivia numa cadeira elétrica que era sua segunda pele, seu tanque, seu Fórmula 1. Uma vez cintado, fincado, cingido, ficava aparentemente aprumado e pronto para a abordagem, o queixo de proa. Esticava então o pescoço para cima, para os outros, os eretos. Com sua cara torta, um cigarro no canto da boca, ia pescar olhares e sorrisos. Hauria a vida sem descanso.

Meu amigo Roland naufragara no ladrilhado de Saint-Jean desde a infância. Foi ele o artífice do nosso encontro em 1987. Ainda mexia os dedos da mão direita, que começava a se entorpecer. Estava no lucro havia muitos anos e sua sobrevida era excepcional. Não queria mais "viajar" sozinho, de olhos fechados. Levei-o então para onde eu ia, escrevendo cartas que talvez vocês venham a ler. Partilhamos minhas viagens até a sua morte, em 1997. Ele tinha 53 anos.

Seu tanque sulcava os corredores do instituto, desde seu quarto situado no segundo andar até as salas de aula do térreo. Ensinava a jovens "soldados", tão estropiados quanto ele. Nos últimos anos não mexia a cabeça senão ligeiramente, mas seu olhar e sua risada eram e continuam as mais belas respostas às minhas cartas. Vocês hão de entender por que elas não figuram aqui, o que é uma pena. Uma noite, por iniciativa dele como sempre, fomos *de verdade* até as ilhas Marquesas, sem a cadeira, ele nas minhas costas, como uma mochila, feliz por partilhar uma aventura comigo fisicamente uma vez que fosse. A aposta foi aceita. Foi um sonho a mais, uma viagem implausível para esse marujo ancorado que uma manhã de dezembro partiu para Hiva Oa sem mim.

Fevereiro de 2001

Roland,
Esta é uma carta sem destinatário, uma carta intempestiva, uma carta morta. Nosso último sonho poderia realmente nos ter levado às Marquesas. Poderia, mas não interessa. Ou melhor, interessa, teria interessado mais que tudo.
A vida foi uma refrega singular, meu velho Roland.
Você, que desde criança sabia que o dicionário que carregava era pesado demais e que um dia sentiria ainda mais pesada a capa desse dicionário, você percebeu que os sonhos eram sua única chance de sobrevivência. Por mais líricos e insanos que fossem, eles o ajudariam a ir mais longe, bem mais longe que o previsto. Você nunca deveria ter chegado até aqui, isso era imprevisível para o vulgo. Sua curiosidade e sua sede faziam com que às vezes você esquecesse o que tinha sob as nádegas. Você esbarrou com mulheres e conheceu o amor. Impressionante, meu caro. Você sentia igual a nós, chorava igual, amava igual e ninguém via isso. A diferença causava medo, a você também. Você disse: "Sou deficiente, o sadio me dá medo. Sou homem, a mulher me dá medo. Os que procuram me tranquilizar são trapaceiros. Se você

enxergasse dentro de mim, ficaria surpreso ao ver que é como dentro de você e que não há diferença alguma. Eu era um professorzinho, um coronel no seu tanque de guerra. Levei minhas tropas de estropiados para estudos caóticos. A toda velocidade, sem nunca entregar as armas, com as perdas de uma guerra implausível: os pirralhos que apodrecem, os que pegam uma gripe, uma estafa, os que se agarram uma última vez com o olhar antes de dormirem de verdade."

Um dia, você quis me oferecer um almoço num restaurantezinho com acessos fáceis. Você assinou um cheque com a mão ainda válida. Eu sabia que seria sua última assinatura e que você agora ia escrever nas teclas do computador com uma varinha na boca.

Você viveu no sobrado de Saint-Jean entre as fotos de seus amigos, os livros que você não podia ler e a música dos poetas, Brel, Ferré, Brassens.

Havia sempre visitas: umas figurinhas em cadeiras de rodas, ávidas por sua energia, as crianças risonhas do primeiro andar. Os "malfeitos", os "mal acabados", que não andam mais, que não falam mais mas ainda riem. Havia amigos, os do exterior, os que se mexem, os "apressados", os "sem tempo", que vinham visitá-lo para aprender a respirar, você, que não se aguentava mais de problemas respiratórios. Você era o inimigo do círculo vicioso. Você gerava ideias e precisava de uma vontade tenaz para não concretizar senão algumas delas. Os objetivos mais simples ocupavam todo o seu tempo. Você arrastava consigo a vida de Saint-Jean. Você sabia bracejar, desbravar o imobilismo, subjugar a capitulação. Sempre precisaram de você.

Você, que deixou a praia contemplando sua cadeira como uma pele escura naufragada nos sargaços, como um destroço assoreado, ei-lo num lugar qualquer, QR Gauloise no beiço, o olho pairando acima de tudo, até mesmo do invisível, com sua força, sua lucidez, sua loucura, sua amizade, sua impossível cólera, seu segredo.

Pintei como pude as viagens que você queria fazer comigo e depois um dia você entregou as armas, rendeu-se. Era pesado demais. Você me disse isso com um olhar, depois acrescentou "Tenho medo", e eu, seu amigo, compreendi que você partiria para desvencilhar-se desse corpo estorvante e que o único medo que você sentia era fazer essa viagem sozinho, sem a gente.

B.

La Rochelle, 23 de março de 1987

R.

Estou na beira do mar. Vou construir aqui um ninho, no qual serei incapaz de permanecer. Amo o movimento e assento fundações. Talvez porque saiba que um dia também ficarei imóvel. Então construo navios definitivamente ancorados, nos quais, mais tarde, acalentarei meus sonhos. Você virá?

Fui até a rue de l'Escale e ao bairro Saint-Nicholas. Vadiei pelas ruas da noite, ruas burguesas, sem bares, sem luz. Ruas mortas para onde se levavam as garotas. Trepava-se em pé, Roland, por um prazer furtivo, escondido, nem sempre partilhado. Os marujos gostam disso, de trepar em pé, no cais, atrás dos hangares, em carros abandonados. Uma última ejaculada antes de subir o portaló. Uma ejaculada sem depois, sem amanhã, sem ressentimento. Esqueci as garotas. Restam-me apenas instantes e o que caía sob meus olhos. Era o reflexo das lâmpadas nas poças escuras, um sujeito deitado nuns cordames e que nos observava masturbando-se. Era a pintura descascada de um velho galão, palavras, números, cidades: *Hong Kong, Djibuti, Papeete, Inflamável, No Smoking, Perigo.*

Havia um caixote com *Balboa* no qual a garota se apoiava, sendo enrabada como uma novilha, outro com *Manilla*. Uma noite, esbarrei com *Veracruz*. Eu tinha feito a mesma coisa lá. Ri, a garota não entendeu.

Voltei para o meu cais das Costaneiras, antes do grande quebra-mar, atrás da base submarina. As lembranças de infância ressurgem, caóticas. Algumas se extinguem mal se inflamam. Outras se prolongam qual uma carícia e você se vê daqui a dez anos no porto de La Pallice a observar, nariz empinado, os moirões da África ou do Brasil. Cheiro de lenha, cheiro de alhures.

Os troncos balançam lentamente acima dos porões. Vêm rolar sobre os cais entre os habilidosos estivadores, que berram, trabalham. Você já iria querer dirigir-se para o convés, onde flutua uma bandeira panamenha. O sol antes de desaparecer ilumina as madeiras vermelhas e a ferrugem dos cascos. Aquele ali é um liberiano.

— Onde fica isso, a Libéria?

— Um país livre destinado a todos os que saem da prisão.

— Ah!

Você tem 10 anos, acredita em tudo que lhe dizem. Já viu os grandes guindastes do cais, Roland? À noite, ficam imóveis. Lembram grandes insetos à espreita. Você observa as luzes das coxias, as sombras por entre os contêineres, um cachorro mijando, uma grande casca escapada de um tronco. Uma sirga se retesa, é a hora da subida da maré. Vozes estrangeiras contam histórias. A coisa termina com uma risada ou uma briga. Você vê que há com que alimentar o imaginário. Você tem 10 anos e já foi embora. Uma garrafa se quebra. Vapor escapa de uma vidraça. Há um cheiro de comida gordurosa, eflúvios de gasolina, de pintura. Esse cheiro você reconhecerá em toda parte, o mesmo cheiro, ou parecido, em todos os barcos do mundo.

Dois faróis varrem o silo e depois se apagam, um portão bate. Um sujeito sobe o portaló e desaparece na penumbra. Você sente um calafrio. Tudo bem. É o desconhecido, mas você está em casa. Tem 10 anos e passa com sua bicicleta sem lanterna pela calçada da sede. Ainda é o porto. Há bares, bordéis. Você desliza lentamente, o coração a mil. Perscruta o interdito. Há bundas esfumadas, faces que se voltam sem vê-lo. Garotas grudentas, sorridentes. Há uma magérrima com grandes olhos pretos submersos. Há uma com a boca roxa. Repele um cara já bêbado. Há uma com renques de grandes pérolas, como cartucheiras. Levanta a saia sobre coxas azuis. Esmagou a celulite no banquinho alto do bar. Todos sacaneiam, menos a boca roxa. Você tem 10 anos e observa. Um sujeito sai para vomitar. Você tem vergonha de que ele o veja. Engasgos e borbotões de borra de vinho.

— O que você está fazendo aí, menino? Está procurando sua mãe? Ginette, quem é o guri?

— Não estou nem aí para o guri, feche a porta e limpe a boca.

Você veria sua cara em vermelho e azul sob os néons. O Éden, o Caraïbe, o Bambou Bar. Está tarde e você corre para casa.

Antes de dormir, você espera o último trem, o único, o único trem que passa atrás da casa sobre uma grande colina. Todas as noites à mesma hora, infalivelmente, um longo estrondo o precede. Os grandes troncos são bloqueados por grossas correntes escuras. Mesmo à noite você os vê. Sobre uma cadeira, o livro escolar está sempre aberto na página da África. Há a foto em preto e branco de uma grande floresta em Camarões, uns caras estão de pé sobre os troncos gigantes jazidos no chão, então é fácil ir embora dali, ainda mais com 10 anos de idade. É fácil carregar tudo isso. Você fecha os olhos e se vê sentado ao lado dele, no assento estropiado de um dezoito-rodas. Você está com o rabo sentado num saco de aniagem que cheira a peixe defumado, defumadíssimo.

Ele, por sua vez, é Flecha de Yaoundé. Segura o volante com as duas mãos, mãos negras, bem finas, curiosamente delicadas. Sorri como uma criança no carrossel. Enxuga o suor da testa com o pano sujo que fica no console do veículo.

Você contempla, assustado, a estrada de terra que a panorâmica do para-brisa engole infindavelmente. A boleia traga tudo. Descemos como num escorrega.

— Quanto mais rápido a gente vai, mais rápido chega. Sou pago por viagem, meu irmão. Se meu caminhão para no meio da próxima costela, termino em primeira e o outro entra no meu rabo.

Então você olha no retrovisor, a grossa nuvem ocre de tempestade que segue seu caixão. Você espera que as toras estejam cuidadosamente fixadas. Você está com tanto medo que chega a torcer para que tenha sido um branco que fez o trabalho. Racista. Você reza para qualquer coisa a fim de que ninguém atravesse na frente e nenhuma criança das aldeias dos acostamentos corra atrás de uma bola ou uma cabra fugida. O saco de aniagem defumadíssimo está colado nas suas nádegas.

— Na volta, compro peixe no mercado e levo para o meu barraco.

Daí a dupla utilidade do saco. Você termina por se acostumar e se maravilhar com a poeira de ouro que cai suavemente na beira da estrada. Vê finalmente as grandes árvores da floresta, os dois penhascos verdes que fogem de cada lado do caminhão. Percebe os troncos retos infinitos, os grandes fustes, como os que você tem na retaguarda.

— Se você der uma boa freada, para evitar um homem ou um rebanho, eles vão em frente sem a caçamba com metade do corpo arrancado da boleia. Então a gente nunca freia.

— E se uma van vier de frente?

— A gente não freia nunca. Ela desvia rápido, está sabendo, está habituada.

— E se a van não tiver tempo de desviar?

— Bum! A gente continua.

— E se na van estiver uma de suas mulheres ou de seus guris?

Flecha de Yaoundé volta-se então para mim, boquiaberto. Olha para você como se você fosse do outro mundo, o dos ancestrais dele. Você lhe pede educadamente que olhe para a estrada. Após um grande intervalo de recuperação, ele bate na coxa, rindo:

— Ora, ora, seu danado, quer morrer? Não se preocupe, irmão.

Mas o irmão, por sua vez, morre de cagaço e não tira os olhos, aflito, subitamente crente, dos amuletos que chacoalham no retrovisor.

Mais tarde, a floresta termina por fugir dando lugar a uma savana reles e seca. Ao longe, no fim da pista, no porto, um barco espera. Parece aquele que você viu lá, em algum lugar, ao longo de um cais antes de dormir. O sonho estiola-se. Você volta para sua cama, perto dos trilhos da ferrovia.

Reservei na biblioteca *O pequeno príncipe* para seus alunos.

Levo para você no domingo.

B.

Abril de 1987

R.

Estou de partida para a Iugoslávia, em busca de um cenário para *L'Autre*, adaptado do romance de Andrée Chédid. Depois que li esse livro, há quinze anos, botei na cabeça fazer um filme baseado nele. Um produtor americano tinha os direitos. Acaba de desistir. Respiro.

O avião para Belgrado está atrasado. Envio esta breve sinopse bastante desencorajadora.

"Ao raiar do dia, numa aldeia, um velho vê postigos azuis abrirem-se para o rosto da juventude. Ele observa a água da fonte exaurir-se. Ouve um rosnado. Vê seu cão desaparecer e o jovem desmaiar na poeira ocre, o rosto iluminado pelos primeiros raios. O velho fixa essa imagem do Outro que lhe sorria ao amanhecer. Um tremor. O tempo de um tremor que colide com a vida, em algum lugar, não importa onde, e tudo para. Após os gritos, o silêncio. Após a esperança, o aniquilamento. O velho obstina-se em acreditar que a juventude não pode morrer. Espera dias e noites até o renascimento do Outro."

Ninguém quer essa história. É um filme sem qualquer esperança de fila na entrada dos cinemas.

Mas amo essa viagem. Vou embarcar nela.

B.

Belgrado, abril de 1987
Escolha de locações para o filme L'Autre

Quinta-feira, 8, 14 horas

R.

Belgrado está cinza. Vislumbro dois pombos esculpidos na pedra. Estão sem definição. Foco. Um casal aninhado num arco embutido. O muro estremece. É um muro de pombos gotejando merda. Tenho horror a pombos urbanos. Sua dependência me enoja. Saciados de segurança, enfiam o pescoço em plumas infladas de orgulho. São pombos burgueses engordurados de dejeções. Chove uma água gelada. É primavera. O hotel Moskva é assombrado pelas correntes de ar. O interior é tão bonito que falta apenas um pouco de sol para encantá-lo. A praça é sinistra. Parece uma sopa fria, estagnada. Na sala de jantar, sob o lustre apagado, alarga-se uma mancha escura. Uma água turva pinga num balde já cheio. *Beograd*, a cidade branca! Sob a neve, talvez!

Mia, a companheira croata de um amigo francês em Belgrado, veio me encontrar. Será minha acompanhante.

Perambulamos à procura de um bom café. Nada funciona. O parque se agita lentamente. Amanhã, estaremos em Dubrovnik.

Domingo, 13h

Tem início a procura de locações. Sonho com um espanto partilhado. Certamente existe a aldeia que procuro, uma evidência perturbadora. Uma máscara em 1.66. É um filme em preto e branco. A costa adriática é inundada por uma garoa tépida capaz de levá-lo diretamente à crise de nervos ou à letargia definitiva. As ilhas são pousadas no mar. Um mar apenas perturbado pela chuva, um espelho que estremece, cinzento, sem emoção. Tenho dificuldade em imaginar esse *Outro* nessa paisagem melancólica. Falta sensualidade, despojamento, uma aparente aridez. Devo casar a banda sonora com a paisagem, a voz do velho com as cores. Preciso do ocre e da cal ofuscante. Sonho com impressões digitais de hena sobre o azul dos postigos, de muros que descascamos com a unha para ler o passado. Dubrovnik ontem à noite estava bem alegre, com uma juventude móvel, grácil, uma juventude que nos deixa tontos. Eu sentia fome de felicidade. Mia é deliciosa. Tem cabelo aquadradado, nariz pequeno e olhos bem pretos. Tem mãos de criança, uma risada de garotinha. Tem medo de tudo. Fala muito, com um sotaque desconcertante, um fluxo de palavras que se encerra com:

— Eu queria ter sido atriz.

Silêncio. O primeiro há muito tempo.

Sexta-feira à noite, 16 de abril

Pneu furado, chuva, encharcado. Nenhum quarto. Nada, o deserto. Um porto, finalmente. Um bar no fim do cais. Naufrago como os marujos na devassidão. É Polače e em Mljet, vinho branco, sono. Todos gritam, fumam, esquecem um do outro. Ninguém presta atenção à bonequinha croata. Mia comeu uma maçã e dormiu sobre a mesa. Escrevo. Às vezes, olho para ela. É bonita. Estranho, não a desejo.

Tenho que encontrar esse lugar. Ele existe, sei disso.

Terça-feira, 20 de abril

Alvorada de fanfarra com os cilindros irritados de um ônibus esquentando sob minha janela. Ele engole uma horda de alemães roliços e mal-humorados.

A temperatura cai, muito frio. Reunião na prefeitura. O funcionário é um futuro aposentado encarquilhado, já muito encarquilhado, quase ausente. Duas silhuetas coladas, como diria meu amigo Lanvin. Uma cabeça para atirar dardos. Um pouco de corrupção, muita permissividade, uma boa dose de incompetência, dois terços de tédio, polvilhe alguns anos sem acrescentar a isso a menor responsabilidade, e você obterá caras de cu fodidos, resignados, laminados, homens e mulheres completamente confiscados de sua identidade, de sua sensualidade, intrepáveis! Em suma, paciência.

Em suma: expressão importante, repetida diversas vezes por uma avó Gabrielle. Em suma: quando não se tem nada a dizer, ou mais nada a dizer. Em suma: para causar medo ao silêncio, para pontuar o inútil, para ter certeza de estar vivo.

Sábado, 24 de abril

Rumo a Split — a costa bordada —, beira de terra inesgotável. Mia também! Ela conta sua vida de estudante em Belgrado, a família, as pequenas guerras. Prefiro quando canta. Ela segue o meu itinerário. Quando Mia cochila, sinto-me só. Sua voz me tranquiliza. Zadar — as ilhas Kurnati —, vagueio como um possuído à procura do meu cenário. Não anotei nada. Acordar às seis para visitar Pag.

A ilha é branca, sem vegetação. O vento e o sal queimaram tudo. Ao sul, algumas árvores resistem entre as falhas rochosas. Exulto, é aqui!

O vento deve enlouquecer. Zero de sono, levantei às cinco, ainda o vento. O som será impossível. Pó branco por toda parte. Uma cara venenosa cospe sua hostilidade. Os outros me ignoram. Entretanto ontem me parecera que uma velha pele curtida sorrira para mim. Rugas risonhas e mãos de pergaminho amarfanhado. Tudo piorou de uma hora para a outra. Tenho vontade de um café.

Quarta-feira, 28 de abril

Peneirei a costa até Kotor. Kotor repetida ao infinito ao longo de toda a estrada como um trem sem fôlego. Kotor, a magnífica, sempre melancólica.

Fronteira albanesa no Kosovo. Nada receptivo. Volto a pensar na guerra albano-sérvia. Bastou o nome Kotor para o bonito rosto de Mia imobilizar-se. Querelas surdas. Recusou-se a ir comigo. Adeus, Kotor, guardiã frágil de uma paz provisória. Retorno a Dubrovnik, onde reencontro Mia. Ela está feliz, eu também. Há três penínsulas, três dedos de uma enorme pata de réptil que não tínhamos visto. É o apocalipse, uma terra calcinada por um gigantesco incêndio. É a última hora do dia. Um escaravelho com reflexos de bronze e ouro. Rola uma bola de excrementos. Tudo é signo. É um parto bem-sucedido. Finalmente, a paz. Cansaço — dois quilômetros de coxias no hotel alemão de Slona, paquete de cimento afundado para turistas germanos. A proa está na popa, sinistro. Só se fala alemão, vive-se à alemã. Desabo na cama sem abri-la. De pé às sete horas. Café da manhã alemão, salsichas alemãs. Nenhum sorriso. Não tento ser amável. Retorno a Doli para o meu cenário. Não sei mais. Reunião com as silhuetas coladas. Preciso traçar um itinerário. Quanto por um itinerário? Dez milhões de dinares. Cinco milhões de francos, é irreal, rocambolesco, é um pesadelo. Não venho de Hollywood!... Aqui é o preço por uma trilha: o crápula afia um sorriso. Arrastam-me pelo braço. Eu ia ser violento. Depressão gigantesca. Energia e prazer arrefecidos. Despeço-me da Iugoslávia e de Mia. Ela chora um pouco. É o costume, ela me diz.

— Vou escrever.
— Mentiroso.
— E você?
— Escrevo.
— Mentirosa.
Ela ri.

B.

P.S. Preciso ir a Chipre. Michel Cacoyannis me aconselhou. Conto depois.

Francisco Rabal aceitou fazer o papel principal. Gosto de sua voz grave, áspera como a pedra quente.

Chipre, Larnaka, abril de 1988
Filmagem de L'Autre

R.
A aldeia está destruída. As ruínas formam um hemiciclo como um teatro grego. Há a harmoniosa curva das colinas, o mar, figueiras-da-barbária, o caminho que se afasta sem fim lá longe entre os outeiros azulados. Há fachadas brancas, verde-amêndoa e açafrão. Os operários cipriotas são talentosos. A impressão é cativante. Atrás, há apenas arcabouços e estruturas de madeira. Gosto disso. Já não durmo mais. Descobri uma alfarrobeira morta na fronteira turca, uma bela árvore despida de sua casca, prateada como uma madeira boiando. Levamos para um caminhão com precauções de arqueólogo. Você pode imaginar a curiosidade divertida dos camponeses. Faço absoluta questão dessa árvore no cenário.

Tivemos alguns problemas na fronteira turca. A queimadura está viva, a ilha está dividida em duas. Por quanto tempo? Nicósia tem seu muro, como Berlim. O tio está no norte, o primo no sul.

Aqui não se rouba, não se tira, dá-se. Você deixa seu relógio num café ou na beirada de uma janela, volta no dia seguinte e ele continua lá. Se não estiver, espere um pouco, alguém virá até a soleira da porta, olhará para você sorrindo e lhe estenderá seu relógio embrulhado num jornal. Os cipriotas só pensam em agradar, ou tagarelar em torno de um *ouzo* e polvos grelhados. Você apreciaria os *mezes*, o cordeiro em conserva cozido com batatas. Fica cozinhando dias na pedra quente no refogado, cebola, limão, alho e alecrim. A porta do forno é quebrada e os perfumes invadem a ilha. A luz está no vinho, na água. Afrodite tomava seu banho aqui. Você gostaria das danças, dos cantos.

Riria ao assistir à quebra dos pratos, que depois da refeição são jogados na pista como uma herança para a vida. É uma maneira de quebrar o gelo, esquecer velhas discussões e rancores. Um cachecol passa de mão em mão. Há carícias inocentes, pálpebras abaixadas, pescoços à espera de um bafejo, um beijo. É bastante animado, Roland.

Com sua cadeira fincada debaixo da alfarrobeira, você ficaria parecido com Aquiles, você sabe muito bem que uma flecha no calcanhar não pode atirá-lo no além. Flechas, você as tem em toda parte. Sua mecânica é varada de pregos e você não faz disso um mito. Francisco Rabal chegou. Filma por entre as pedras, em meio ao pó. Senta-se murmurando seu texto, é magnífico. Isso é o Olimpo, meu velho Roland. Estou com muita sorte. Finalmente encontrei a garotinha. Sua beleza é perturbadora e evidente. Ela segura a irmãzinha pela mão numa rua de Larnaka. Vem do Líbano. Chovem bombas sobre Beirute. Ela está refugiada na casa de um tio de Linasol. Ficou traumatizada com a guerra. Levei-a até uma sala para os testes. Estava escuro.

Quando acendi a lâmpada, ela estava petrificada, espremida junto à irmã atrás da cama. Eu estava vazio.

Há um ator cipriota sentado na aba de um caminhão militar. Ele canta *a cappella*, divinamente, uma vez que estamos sobre o Olimpo.

Salve, Aquiles.

B.

Chipre, Larnaka

Maio de 1988

R.
Dia de tempestade em Larnaka. Dormi num trailer no set. Está boiando, acredita? Noé está sozinho no meio do dilúvio. Chove apenas dez vezes por ano e nunca nesta estação. É um lugar das madrugadas, nu, sossegado, que a história do mundo deixa indiferente. É um lugar sem rumores, sem gritos, onde nada acontece, nunca, exceto hoje. Estou acordado desde cedinho. Minha arca resiste. Temporais despencam em cima do meu cenário de teatro, as fachadas em *trompe l'oeil*, a fonte de papelão. Aparentemente, tudo resiste. Um grande caranguejo vermelho desbrava a enxurrada de água doce e tenta aproximar-se do meu hábitat anfíbio. Tudo indica que vão me tirar daqui. A escavadeira hesita no rio de lama. Estica sua tenaz para sondar o caminho. Titubeia. Retorno a Larnaka sob o aguaceiro. Há sacolas de plástico boiando como grandes medusas. Que fizeram os pobres coitados para que os deuses expulsassem sua frota? Seria preciso interrogar a Pítia, mas aqui todo mundo se lixa para ela. Os pés na água, a cabeça ao sol, nunca nos perderemos.

O que faz você?

Em você a espera não é passiva, ainda que seja imposta. Ela é ato. Você sonha andar descalço sobre cascalhos quentes. É capaz de sentir a areia retirar-se sob seus passos depois da onda, de desafiar a duna com essa sílica loura que escorre por entre dedos que não são os seus. Da minha parte, a espera me irrita, impacienta. Quero tudo que você sonha. Quero o movimento sempre. Embriago-me numa valsa caótica. Tento todas as vibrações. Tenho excitações de criança, medos deliciosos.

Você, eu sei, compreende isso!

B.

La Baule, 16 de maio de 1989
Festival de cinema

R.

Esqueci de você, dias e noites numa sala escura com uma montadora solícita. Construímos esse filme, corte, colagem, rolo após rolo. Uma viagem de trás para frente. *Raccord* num movimento. Um gesto interrompido. E aqui estou eu como uma criança inquieta com minha cópia para enviar. Esperei atrás da porta da grande sala de projeção. Eu tinha medo de me haver enganado, que não gostassem da história. Eu ouvia cacos das vozes de Sim e de Aga. Havia um silêncio esquisito do outro lado. Eu estava atado, impaciente por ouvir os créditos do fim.

Alguém empurrou a porta para mim. A sala estava de pé. Chorei, choro com facilidade, é verdade. Estava com um pouco de vergonha, de toda forma. Pareço muito avaro com meus sentimentos. Meu pudor levou um golpe com isso.

Até já.

B.

La Rochelle, julho de 1991

R.
Não levei você à Itália, a Peruggia, na Úmbria. A filmagem foi maçante e o filme não será uma obra-prima.
Se quiser, há um lugar para você no meu caiaque.
Estou me preparando para uma excursão ao oceano Índico.
Partida de La Rochelle num mar ruim para um Tour de Ré*— vento força 4 a 5 com rajadas sob temporal. Concentração para não virar, a água está fria mesmo em julho. Passamos por Lavardin, depois Chauveau. O estreito de Antioquia parece zangado. Maré subindo, correntes contrárias. Remamos com firmeza e regularidade. Tento não perder de vista o gorro do meu irmão, que está sempre na frente. Ele desaparece na marola ao cair da noite. A costa se acende. O pano se abre para a Via Láctea. Nenhum fanal a bordo para navegação noturna. Prudência. Bem defronte, o farol de Chanchardon. Um cargueiro alcança La Pallice. Lanterna vermelha a bombordo. Como se sente, Roland? Silêncio. Atravessamos a Gollan-

---

* Tour de Ré: regata anual realizada na ilha de Ré, na costa francesa. *(N. do T.)*

dière. Quando eu tinha nove anos, vinha dormir na praia com os escoteiros. Os mais velhos tinham organizado um ataque de contrabandistas. Acreditei. Já era teatro e eu não sabia. A Longa Marola é uma montanha de água que esconde intermitentemente a linha escura da costa. Chanchardon foi finalmente ultrapassado. É a maré baixa. Muito pouca água nas proximidades dos sinalizadores e bancos de argila. Navegação pelas algas laminares à flor da água. Finalmente, o farol, acampamento nas Baleines. Uma hora de traslado até a praia na maré baixa. Depois de remar dez horas *non stop*, é normal o mau humor. À noite, sobre os rochedos e os sargaços, a coisa fica feia. Instalação de um ninho. Fogo de barcaças destroçadas. Parmentier desidratado, uma obra-prima da arte culinária. Uma garrafa de tinto um pouco fermentado mas milagroso. Você não dissera nada até então, mas um gole de tinto recupera um homem. Instalo-o numa cama de areia. Nana-neném, o Imóvel. Saint-Jean também deve estar calmo a essa hora. Noite de paz reparadora sob um vento incansável. Ao amanhecer, café e pão seco. Esqueci a manteiga. Roupas encharcadas. Partimos novamente. Um notívago, na pesca, embriagado com a marola, nos evita na conta certa. Atrás, na rede de arrastão, o impermeável verde distraído nos olha, perplexo. Ponta do Lizay, ponta do Groin, e vista das Islattes. Interminável. Vento de pé até Sablanceau. Turbulência no estreito bretão. Isso não é nada perto do que nos espera nas costas malgaxes. Chegada às 16 horas à La Rochelle. Vinte e duas horas de navegação para quarenta e cinco milhas. Não se queixe, você não remou. Você contemplou as gaivotas risonhas zombando da nossa cara.

Você não fumou durante vinte e duas horas. Ah, sim! No acampamento, uma velha brasa carregada pelo vento.

B.

P.S. Não fique vadiando muito pelos corredores de Saint-Jean, você se resfria com facilidade. Seus brônquios reclamam. Está tossindo? Claro, não é o cigarro, é o medo do inverno.

Ilha Vermelha, novembro de 1991

R.

Antananarivo, Tananarive, sobre a ilha Vermelha entre as colinas sagradas. Conheço um bom número de cidades no mundo com colinas sagradas. Madagascar, pedaço da África separado do grande continente. Logo ao chegar, você tenta adivinhar os perfumes. A mestiçagem das peles, os cheiros, as cores colidem. Você sai de uma cabine pressurizada, asséptica, com sua cara de branco anêmico, e uma onda afoga você sem avisar. É preciso tempo, como um banho quente. Eu gostava muito das chegadas de barco. A ilha apenas entrevista já oferecia seu cheiro de baunilha e de orquídeas silvestres. Na baía de Diego eram as buganvílias. Havia tempo para a impaciência, tempo para o imaginário, a fantasia. Já dois dias antes, no aparelho, você sonhava com esse pedaço de terra, com o desconhecido, garotas para curtir. Os velhos marinheiros discorriam sobre os cruzeiros passados. Você preparava sua vinda, sua viagem à *terra incognita*. Era igual em Papeete. Você contemplava o vulcão, a barra de coral na espuma. Falavam-lhe do Queen's, do La Fayette, das vahines lascivas. Era igual nas Marquesas, nas Antilhas. Era igual em toda parte.

Tenha você lido ou não, tudo se reinventava. A história do mundo mordia-lhe o ventre, como o desejo.

Eu lhe falava de Antananarivo, uma tragada. Na descida do avião, a onda afoga-o. É preciso permanecer em apneia antes de voltar à superfície e se recobrar, afinal ontem você estava no inverno. Impõem-lhe a embriaguez imediata, abrupta. Os mercados são um mar de guarda-chuvas. A pobreza não lhe escapou. Ela pula na sua cara. Com um franco eles podem comer, mas não têm sequer um franco. Você compra cacarecos no mercado Zoma, cópias de estatuetas eróticas Vézo Sakalava. Você traduz o preço em refeições para os guris. Isso cansa e você esquece.

Há uma vertigem provocada pela impotência. Você irá correr nos arrozais de Hady, impraticáveis para seu tanque, seu escaravelho. Você iria gostar dessa ilha. Era a ilha dos wazimbas. Não sobrou mais nenhum, talvez uma tribo nas montanhas do Centro. É a ilha dos bantus, dos indonésios, das rainhas derrubadas, de Jean Laborde. É a ilha do sorriso malgrado a miséria, a ilha da paz por algum tempo ainda. Aqui os mortos são celebrados, desfilados, alimentados, apesar da escassez. Reza-se a eles para que deixem os vivos em paz, para que os acompanhem até o dia em que eles também irão virar as costas para dormir no outro mundo. Um morto não desaparece. É como o sal que derrete na água. Às vezes encarna no crocodilo. Atravessaremos muitos cemitérios vivos. Para essa viagem, precisamos nos interessar pelas crenças animistas, acreditar no fetichismo e consultar o feiticeiro. Você pode acreditar em Zanahary, é um deus que se assemelha ao seu. Os missionários não tiveram muita dificuldade. Não é conveniente violar o *fady*, o interdito. Tana do passado, do colonialismo, morre suavemente. Há os irredutíveis, mas eles morrerão também. Tana embriaga. Tana agarra-se às suas colinas como ao coração dos viajantes, que contudo sonham apenas em partir. Querem rumar para Antseranana ao norte, para Tulear e Fort Dauphin ao sul, para Tamatave a leste. Você não escapa das comichões, não é em Antananarivo que você deve ficar. Corre para Morondava, o avião russo sobrevoa o Makai, abre seu alçapão traseiro e eis você com os outros, aos magotes, a quatro mil metros no céu malgaxe. É o primeiro salto em queda livre sobre o deserto do Makai. Solavanco para frente, para trás, rotação a trezentos e sessenta graus, olhadela no altímetro e abertura do velame a mil metros. É um esplendor lacerado por cânions. Há a divisão das águas na estação das chuvas e logo na sequência a seca que provoca o fôlego curto, a boca seca e a obsessão pelo marimbu. Embaixo, é um forno. Uma lufada de calor pode vergá-lo, mas você continua. Prometeu não desistir, nunca. Você vomita tudo que bebe, que come. Sente frio no estômago. Está com febre. É puxado pelos companheiros. O irmão ajuda-o pacientemente. Você avança e, depois de três dias de inferno, renasce sobre a terra. O que se seguirá é inesquecível.

As noites sem dormir, as caminhadas na floresta dos mikeas sob lua cheia. As pegadas dos misteriosos homenzinhos que você nunca verá. Haverá uma noite de temporal sob um exíguo quadrado de lona, espremidos uns contra os outros, aflitos com os raios. Contemplávamos, impotentes, transidos, silenciosos, esse espetáculo diluviano. Teremos que esperar o dia para partir novamente e atravessar uma parte do deserto. Teremos que contornar os cânions. Difícil acreditar que há florestas. A água risca o laterito. A lama transforma-se em barro cozido rachado até o ventre da terra. Sobrevivem alguns pés de tamarindos, acácias, eufórbios. Os espinhos arranham você, agarram, detêm. Não veremos ninguém durante três dias.

Mais ao sul, os pastores baras guardam seus rebanhos de zebus. Dizem que eles depenam o viajante. Não há provas. Praticam o roubo de gado.

Perdidos no cerrado árido, uma mulher nos acompanhará até a beira do Mangoky, o rio dos crocodilos. Água, finalmente. Está fervendo. Um banho quente sob um sol de derreter. Você se esvazia por todos os buracos do corpo e revive. Os crocodilos? Mais abaixo. Haverá essa longa descida para o rio. Está infestada de sáurios. A verificar. Acampamento nas margens. Prudência. Mas os ancestrais encarnados respeitarão os forasteiros. Não irão pulverizar os esquifes e os viajantes de carne branca. Vi as borboletas brancas do rio rodopiarem até a embriaguez e subitamente caírem como uma chuva de madrepérola. Numa curva do Mangoky, vi um lêmure desenrolando-se flexivelmente sobre um galho. Deslizávamos silenciosos ao longo das ribanceiras. Ele não se assustou com aqueles estranhos crocodilos que a corredeira carregava. Quase viramos, fascinados pela besta endêmica.

Abram um parêntese: era um *Lemur catta* ou *propitecus* de Verreux. Você ri dos meus conhecimentos. Duvida deles. Tem razão, não aprendi seus nomes senão mais tarde. Mas posso lhe falar dos *propitecus* de diadema, o de Fattersall, do elêmure Macau de barba branca, do elêmure fulvo e também do grande *cherogale*. Isso foi uma digressão zoológica para irritá-lo um pouco. Poupo-o da osga, da joaninha elegante, dos camaleões-pantera ou do corriqueiro *Furcifer labordi* da região que estamos atravessando. Fechem o parêntese.

Teremos essas trinta horas de caminhada em direção a um lago impossível de encontrar. Haverá o desencorajamento, depois a força de trepar num pé de tamarindo áspero para perceber à direita, em plena noite, um espelho no qual a lua se refletia. É o lago, uma extensão de sal sob uma água estagnada, intragável. Ponto de passagem obrigatório para alcançar a costa oeste. Três dias e três noites de caminhada num outro planeta. Tudo isso entedia-o profundamente. Mas eu precisava lhe contar tudo isso para falar das três mangas frescas. Três mangas frescas que nos foram oferecidas no auge da sede. Três mangas para dividir. A felicidade mais sublime. As polpas explodidas, fendidas, gotejavam suco quente. Observávamos o generoso doador. Um sobrevivente wazimba ou um bantu que sorria sem compreender. Eu poderia quase jurar que ele nunca vira um branco. Usava uma tanga simplificada e um colar de madeira. Quatro barracos sobre estacas achavam-se no fim do fim da terra malgaxe. Não havia nenhum acesso afora aquela trilha na qual estávamos. Aqueles homens pareciam esquecidos ou reclusos, ou muito simplesmente ignorados, excluídos. As mulheres usavam apenas um pedaço de pano em volta dos quadris.

Não vi nenhum utensílio de cozinha conhecido, nenhuma gamela de latão, ferramentas, nada. Vi apenas dois quadrados de terras cultivados e um ponto de água salobra. Eles não podiam dar de comer a seus mortos. Não rezavam ao senhor perfumado, ao deus dos cristãos, nem sequer a Zanahary, o das terras vermelhas. Eles não deviam nada a nada. Para além do espanto e da inútil plantação, não havia senão silêncio como resposta. Nenhuma comunicação possível a não ser a relativa à sobrevivência. Todos os códigos aniquilavam-se. Não sabíamos sequer como manifestar nossa gratidão nem como formular nossas despedidas. Essas criaturas permaneceriam na parte indefinida da lembrança. É um povo em hibernação na memória.

Eu pressentia que os dias vindouros iriam apagar esse encontro esboçado a pastel. Era frágil, evanescente como um sonho. Duas compridas mãos terrosas com dedos infinitos nos haviam oferecido três mangas frescas. Éramos homens e mulheres da mesma terra que o tempo afastara uns dos outros. Depois das diferenças, procurei as semelhanças. Havia muitas, o gesto, o olhar, o espanto, a curiosidade. Reconhecemo-nos, homens e mulheres, e nada tínhamos a nos dizer.

Não vi esse povo sorrir, as crianças brincarem como as demais crianças do mundo. Sua vida parecia vegetativa, ligada exclusivamente à necessidade imperiosa, instintiva, de viver. Talvez não tivessem tempo? Mas os reclusos são de tal jeito que se fecham. Sua passividade, sua aceitação, é perturbadora. Pensei em Henri Michaux e em seu desinteresse pelos indianos que tanto me chocara. Hoje eu via que isso é possível. Não desejei realmente conhecer melhor aquelas pessoas.

Havia nos silêncios um langor estéril, uma vertigem.

Daqui a dois dias chegaremos à costa oeste pela aleia dos Baobás. Veremos os pescadores vezos sob as velas das pirogas movidas por uma única maromba. Poupo-o dos cento e trinta quilômetros de mar em caiaque, vento contra. Não falarei da embriaguez imposta pelo esgotamento, daquela embriaguez de rum no fim da viagem e da noite em que foi preciso ser covarde. É, um pouquinho, em todo caso. Numa estradinha de terra, à nossa frente, um carro-de-boi chacoalhava rapidamente. Um homem saído dos espinheiros saltou em movimento sobre o veículo, que desapareceu de súbito. Na moita jazia um moribundo, retalhado talvez por um facão. Uma rixa, uma vingança não pareciam fazer parte do caráter malgaxe, e não obstante! Parecia não haver nada a fazer. Que sabíamos acerca daquilo? Ele se mexia, gemia. Hesitamos por um instante em levá-lo conosco. Alguém sugeriu não se intrometer naquilo, talvez eu. Escolhemos a covardia.

Antananarivo, 20 de novembro de 1991

Você queria que eu falasse de Diego, não consegui voltar ao assunto. A primeira vez eu era jovem, jovem demais para ter aprendido, jovem demais para ter captado e guardado aquela viagem como um tesouro útil para minha vida adulta. Não revi Diego, só Tamatave. Mas não esqueci o grande porto como que um corpo morto na ponta da grande ilha.

Diego Suarez das colinas violetas onde a miséria cai em cascatas como as buganvílias — Diego marina, cargueiro fantasma. Na proximidade das docas, a longa siesta começou. Um esquecimento em uniforme cinza cochila sob a ameaça dos guindastes, um vestígio da Royale, um mulherengo de cara triste. Nada se mexe. Uma porta espera uma aragem. Grandeza e decadência colonial.

Lembro-me de um baile, da pequena prostituta com a perna hirta. Ela se agarrava no meu pescoço para não revelar sua doença. Lembro-me das risadas sob os pompons vermelhos enquanto dançávamos. Uma dorzinha malgaxe nos braços de um marinheiro bêbado de dezessete anos. Lembro-me da van que nos levava até os píncaros. Ela segurava minha mão, tenho certeza disso. Eu estava cevado de cerveja e aguardente. A van estava cheia, desconfortável. Ela estava sentada no meu colo, pendurada na alça. Eu estava de tesão atrás da braguilha. Devo ter gozado em minha sonolência. Havia as curvas intermináveis, um medo surdo e quente, um medo sensual, misto de desejo e perigo. Havia seus olhos, os dela, atentos ao reles e modesto ganho do dia. Ela me puxou para fora da caminhonete, recolheu a boina no lixo, a cobertura branca estava suja. *Venha!* Ela murmurava: *Venha*, só isso. Havia cães que rosnavam, roncos. Houve ao longe um insulto isolado, depois, bem perto, um grito indefinível. Alguém falou com a criança, a mãe talvez. Ela respondeu tranquilamente. Seguia-a na lama. Ela empurrou uma porta baixa presa com arames.

Continuo a ouvir essa porta como um gemido, e ela, que sussurrava *Venha*, com um sotaquezinho indefinível.

Ajoelhei-me na enxerga. Ela puxou água de uma lata velha. Lavou-se. Fez isso naturalmente, como se de hábito, como uma pequena prostituta de ocasião. Um barco da Royale com marinheiros famintos sempre deixa um pouco de dinheiro para a fome dos outros.

Lembro-me agora da indiferença. Lembro-me dos ratos sob as tábuas do barraco, jornais colados no zinco ondulado, de De Gaulle que nos observava conspurcar o amor. Era preciso proteger-se do dia, do dia indecente que revela em demasia. Lembro-me da mecha de azeite, da minha embriaguez, do meu extravio delicioso na vida sórdida de uma mulherzinha. Havia nossas sombras frágeis e torturadas sobre as pequenas ondas das paredes. Ela não sabia ler. Ali estavam impressas notícias de outros lugares, como um livro do mundo aleatório. Acima de nós, dançavam as páginas de um 3 de novembro. Um rendado de ferrugem rasgava o papel com reflexos azuis. Ela, a garota, entediava-se esperando o amanhecer. A aurora ofuscante paralisara-me na soleira. Com a brisa do mar, uma lufada de perfumes adocicados inebriava a mais bela baía do mundo. Havia uma divisória entre o descalabro do barraco e o nascer do dia. Ouvi, saindo da penumbra, a voz da bonequinha quebrada e sem futuro. Ela murmurava: Meu dinheiro. Eu não tinha dinheiro. Eu era muito jovem para saber aquilo tudo. Precipitei-me na miséria entre a vergonha e o prazer. O cemitério era alegre, as mulheres riam. Eu estava enjoado. Fugi daquele rosto pobre e daquele corpo doente. Reencontrei o cheiro de graxa, das máquinas, da tinta e do óleo cru. Agarrei-me no passadiço, no meu barco, na minha boia de aço. Pregado nas ferragens das coxias, eu tinha entretanto vontade de partir novamente.

É preciso vomitar a ignorância e a burrice, reconquistar, lúcido, a vertigem, a grande vertigem. A vida se fragmenta e dispersa. Fugi dos porões, da máquina, surdo às piadas, à vulgaridade. Um ou dois sorrisos para a esperança.

Eu já sabia que tinha mudado e que nada mudaria.

Tamatave, 27 de novembro de 1991

Diego do drama. Crime passional. Como se chamava este, meu capitão, morto com uma lâmina no coração do coração perante a mulher culpada? E ele, o marido ciumento, observando o amigo a quem acabava de liquidar.

Ele batera suavemente, era hora da sesta. Vinha visitar seu amigo. Haviam se conhecido daquele jeito. Jacques ocupava-se do abastecimento de diesel. Esvaziava os tonéis e Jean enchia os do navio. Viam-se todos os anos ou a cada dois anos em função das missões. Jean percorria a ruazinha das buganvílias. Havia sempre um sol branco, duro, por entre as paredes de barro caiadas. Um forno. Ele lamentava por um instante as brisas apaziguadoras do largo. Observava a sombra rosa e azul sob a folhagem, o inseto imóvel. Desafiava a sonolência, uma coisa fami-

liar com uma estranha impressão de repetições inúteis. Ela batia suavemente à porta.
— Jacques?
— Entre!
Acoladas. Havia as cervejas servidas por madame, as vidas brevemente contadas no sofá e poltronas em palissandra. Havia caixinhas malgaxes em marchetaria, estatuetas da fecundidade para o filho que nunca chegou. Havia sempre um cesto de pêssegos ou mangas frescas. Era esse cheiro um tanto pesado que flutuava no recinto, misturado ao perfume adocicado, opressivo, dos cachos brancos que pendiam do terraço ocre. Havia casualmente um olhar para o peito de madame, o suor grudando na raiz dos seios, a mecha dos cabelos na frente dos olhos, a qual ela repelia com um sopro.
— Que calor. Fique à vontade, vou descansar.
Uma espiadela nas nádegas. Não é feia a mulher de Jacques. Tampouco muito bonita, mas, feia, não. Naquele dia o capitão hesitara diante da porta, algo de inconsciente, de animal, um recuo. Murmurara: *Jacques?* uma vez sem convicção, depois em voz rouca emitira um *Jacques* mais limpo.
— Entre!
Era madame.
— E aí?
— Tudo bem!
— Jacques?
— Está nos tonéis!
— E você?
— Tudo bem.

Ele nunca pronunciara seu nome, Lucie. Não sabia por quê. Dizia *sua mulher,* ou *ela* ou nada.

— Que calor!

Tudo é desfiado, as vidas desde o ano passado, sempre brevemente contadas. Frases curtas, às vezes uma palavra, às vezes não. Ela traz as cervejas. Ele gosta muito de cerveja, um pouco além da conta. Bebe umas tantas. Já tinha bebido na casa de Marie-Pierre, depois no Tsirade. Tinha sede, o capitão. Madame toma um suco de gengibre com vodca, mata a sede. Vai buscar gelo. Ele olha para sua bunda, a auréola de suor, sua nuca úmida, como o resto possivelmente. Levanta-se, olha para o fim da ruazinha de buganvílias. Ouve uma descarga. Ela volta sem o gelo. Ele se vira.

— Não está funcionando, que merda!

Ela está bem perto. É ela ou é ele? Enfim, estão bem próximos. É desse jeito. Ela se debruça para pegar seu copo na mesa de centro. Roça nele. Ele agarra as nádegas, sem mais nem menos, sem refletir, um reflexo, uma vontade. Ela não se mexe mais. Não diz nada. Respira. Espera. Ele levanta o vestido florido, abaixa a calcinha, passa um pouco a mão e enfia. Ela se apoia na cômoda. Ele vigia as buganvílias. Nada se mexe. Ele goza intensamente, um pouco rápido. Ela, não, mas não deixava de gostar daquela enxurrada quente no fundo do ventre. Sente prazer em sentir os homens gozarem. É seu prazer. O único, por sinal. Ela se volta. É verdade que não é muito bonita. Tem uma boca generosa, agradável. Beija-o. Diz para ele que sempre teve vontade. Ele também. Não lhe custa nada dizer isso. Ela diz isso a todos os outros que passam. Tudo se sabe. Eles vão para a cama. Está quente.

— E Jacques?
— Está em Joffreville, chega tarde.
— Tem certeza?
— Tenho.

Aproveitam o tempo. Assim que pode, trepa com ela de novo. Finalmente, ela toma as rédeas, está sobre ele. É sua vez de gozar. Para ele, essa vez demora mais... não vem. Levanta-se. Acende um cigarro. Ela junta-se a ele, ajoelha-se, chupa seu pau. Ele fecha os olhos para ejacular em sua boca.

Ao abri-los, Jacques está na porta. Ela não viu nada. Terminou o trabalho limpamente. Ao se retirar, olha para Jean. Compreendeu. Ele não tem mais nada em seu rosto singular. Seu pau desaba, reluzente como a lâmina que agora o penetra. Jacques fala lentamente.

— Passei na casa de Marie-Pierre. Ela me disse que você estava aqui. Eu estava contente de te ver. Que babaca!

O outro escorrega lentamente sobre a esteira sem uma palavra. A lâmina está fria. É quase gostoso. Olha para seu pau ridículo. Visco de sangue e de porra. Que idiota aquela história! Tampouco ele tem algo a dizer. Não tem mais muita coisa a esperar do futuro. Poderá sempre voltar para a Bretanha, que merda! Ele também, Jean, vai voltar para a Bretanha, num caixão de palissandra. É a madeira da região.

Não sei se as coisas aconteceram assim, mas sempre imaginei a morte do capitão como uma série de irresponsabilidades. Era um caminho inevitável, sem traição. Uma vida e uma morte interpostas, banais. Mas é um drama que combina bastante com Diego. Diego o fim. Diego na ponta da grande ilha como um corpo morto.

Santa Maria, 2 de dezembro

Daniel De Foe conta que aqui foi criada a primeira república da ilha, a de Libertalia, no fim do século XVII. Era um covil de piratas governado por Mission e Caracioli, com língua própria, parlamento etc. Uma república ideal, em suma, que não impedia seus barcos de atacar as naus mercantes do oceano Índico.

Voltarei a encontrar Diego num futuro próximo, juro.

Amigos me convidaram para ir até Santa Maria, ao largo da costa leste. Tamatave é uma escala obrigatória. Não mudou em trinta anos. Estranho. A cidade em tabuleiro permaneceu rústica. As casas coloniais estão com lepra. O dia espreguiça. As cores escondem a miséria. É uma pintura melancólica e suave, langor irresistível.

À noite a cidade desperta, tagarela, barriga faminta. Passeio pelas boticas do mercado olhando as tigelas de alumínio, o esmalte pintado, as bolas de barbante, as lamparinas a petróleo, as esteiras. Há um cartazinho contra o álcool sobre o qual está desenhado um pai bêbado ao qual se agarram filhos famélicos. A mãe em lágrimas arranca-lhe a garrafa vazia. Outro desenho enaltece os fornos de lenha que poupam a floresta. Não queime sua vida. Todo mundo aqui usa lenha para cozinhar. Fogueiras são acesas até nas calçadas. Há flamboyants na rua principal, jacarandás. Caminhões abarrotados de lichias espalham um cheiro ácido, incisivo, misturado ao da carne grelhada e lenhas aromáticas. Subo a rua do Comércio, o bulevar Joffre. Compro um broche por impulso no mercado Bazary.

Vou beber um rum no bar sem nome. Há um tocador de cítara, a *vahila*. Um vesgo de olho branco bate numa série de panelas. Observo os jirinquixás. Um homem maltrapilho vende carvão de lenha e some com uma perna de palissandra. Uma mulher ri, sua boca está vazia. Canta uma cantiga de ninar para uma trouxa de pano com uma cabeça.

Amanhã voaremos para Santa Maria, uma ilha de sonho. É turismo, isso irrita você. Não vou contar. Voltarei em agosto na passagem das baleias. Você está pouco se lixando para as baleias. Os japoneses também.

Uma palavrinha em todo caso, um cartão-postal:

Santa Maria, ilha das Orquídeas. Sestas cansativas. Caminhadas forçadas entre os bangalôs e o lago. A ver: o cemitério dos piratas. Há um túmulo com meu nome e uma data: 1798. Isso não me espanta. Na mesma época, havia armadores rocheleses que comerciavam a "madeira do ébano" com uma flotilha de navios-negreiros.

A baía dos piratas está bem calma. Nenhum pavilhão negro à vista.

Volto. Os ensaios *de L'Aide mémoire* irão começar em breve. Paris não me faz falta, você tampouco, uma vez que cá está.

Saudações.

B.

Paris, 15 de fevereiro de 1992

R.
L'Aide mémoire é um sucesso. O cinema da Comédie dos Champs-Elysées lota diariamente. É uma sorte inaudita, um milagre renovado, mas já sonho com outra felicidade.

Aconteceu uma história esquisita comigo três dias atrás, enquanto eu desafiava a vertigem explorando a beira do abismo. Pensei no malabarista de Jean Genet. Há um fim do mundo para o ator. Seria preciso controlar, sempre. Há uma embriaguez ao extremo. Algumas brincadeiras são voos de alto risco.

Não existe ator em liberdade absoluta. Isso é uma ilusão. Não há senão tentativas de ser livre. O texto e a situação não lhe pertencem. Você apenas representa. É você que interpreta a partitura. Os espectadores não sabem nada. Você dá um barbante para cada um deles e retesa-o até a nota certa. A harpa é frágil. Cuidado, Edgar, se você se perder! Você se julga o único manipulador, aquele que surfa pelas situações e palavras, esquecendo-se da onda atrás de você prestes a tragá-lo. Você sabe como gosto dessa situação de perigo numa aparente improvisação. O público ria, eu sabia que essa cena era irresistível, Fanny dava as costas para a sala, espectadora, por um instante, desse momento que a fazia rir também. As risadas do público e de Fanny encorajavam-me perigosamente. Orgulho e vaidade. Foi assim aquela noite. Após alguns vaivéns, houve uma desordem no mergulho, uma desarticulação. Eu perdia o pé com a realidade de um palco de teatro e de espectadores atentos. Eu derrapava para o impalpável e meu gozo era absoluto. Era tentador perder-se, e eu o fiz. Como um cavalo desembestado, não consegui parar.

O precipício ficava no fim das palavras e eu não tinha mais palavras. Atores são como crianças. Sonham com territórios proibidos. Caí, tive um branco pavoroso, foi terrível.

Eu balbuciava sílabas, procurando uma palavra desesperadamente, qualquer uma agarrada a um sentido, mas nada fazia sentido a não ser o olhar aterrado de Fanny. Depois de uma eternidade, afastei-me da Terra. Era uma aspiração mortal, indomável. Seguiu-se uma ausência pacífica, um consolo frágil. Houve um pigarro na plateia, uma pequena agitação. Baixaram o pano. Tudo isso não durou senão apenas alguns segundos. Tive que me agarrar a referências infantis para voltar ao recinto.

Senti muito medo, Roland. Tudo escapava à minha volta. Fanny foi meiga e calorosa. Eu estava doente, envergonhado de haver escorregado no tablado por excesso. Simplesmente por excesso. Procurei uma liberdade proibida ao ator. Ainda assim, tentarei de novo. Não abordo o teatro com método, com bom senso, nem mesmo, a despeito de alguns, com rigor, entendo por isso uma abstinência infalível diante de qualquer deriva. Seria aterrador uma encenação razoável. Desde então, todas as noites no mesmo lugar, espio pelo buraco. É um pesadelo, uma solidão.

Compreendo que haja quem beba antes de subir ao palco.

A esse propósito, passarei domingo.

B.

P.S. Com Fanny, vamos parar no fim de abril.
Estou de partida para a Amazônia.

Transamazônica, 5 de abril de 1992

Roland, abandonei-o, você parecia uma estátua. Uma estátua gripada. Isso a tornava mais viva. Para ser mais engraçado, enfiamos um Gauloise no canto dos lábios da estátua. Ela piscava o olho sob a fumaça. Você é um fingidor, meu velho. Isso lhe faz bem. Você tem direito aos paradoxos. Entre dois acessos de tosse, você me cuspiu uma ordem: "Dê um jeito de me contar, preciso viajar, estou encarquilhando. Há um pequeno momento em que você não partiu. Não vou descer para a aula hoje, acompanho você até a orla da minha floresta, o tempo de queimar um cigarrinho. Amanhã, direi aos meninos que demos uma escapada até o Brasil."
Cuide-se, Roland, volto dentro de um mês. Vou filmar as primeiras manhãs. Na Amazônia o nada desemboca em lugar nenhum, dizia Henri Michaux. Veremos. Rio de Janeiro, Belém, o avião leva-nos até Imperatriz. Lá, um pouco ao sul, há uma estrada, a Transamazônica. Ela atravessa a floresta de leste a oeste, terminando ao largo da fronteira peruana. Sobrevoo o Amazonas com sonhos confusos. Vi Francisco Orellana numa brigantina a vela. Era em 1550. Meses de navegação pelo rio ao encontro das águas escuras do rio Negro. Mais um mês até a foz. Julguei ver os solda-

dos doentes no tombadilho da embarcação à deriva. Tudo parece tão poderoso, lá embaixo, tão moroso, tão sossegado! Embaixo há um lanho comprido, vermelho e branco. É ela, a Transamazônica, o sonho branco, branco como o sangue das héveas. Milhares de quilômetros de uma trincheira escavada na mina, pelas escavadeiras, pelas lagartas monstruosas arrancando as árvores com correntes ciclópicas. Duzentos metros de distância para encontrar... encontrar o quê? Não vejo senão um fino arranhão. Quero crer que os sacrifícios têm um sentido.

Penso em você, um abraço.

15 de abril de 1992

O que faz você, Roland, a essa hora? Fuma seu primeiro cigarrinho? Que mão caridosa e profissional segura sua xícara de café, limpa sua boca? Sua toalete está feita, ei-lo em seu tanque, está pronto para o assalto do dia de hoje, assim como os outros. Um dia a mais acrescentado à sua vida. Uma vitória sobre o fim esperado. São cinco horas da manhã. Imperatriz está sob a neblina. Corro para o dia. A Transamazônica desperta lentamente. Os homens daqui a chamam de Transamargura, a estrada dos arrependimentos, dos remorsos, do desespero. Estamos a centenas de quilômetros a oeste do Atlântico, a quatrocentos quilômetros ao sul do Amazonas, bem distante da costa peruana. A floresta cerca tudo. Mapas são inúteis. Há perfumes desconhecidos, úmidos, quentes. Estou bem. Não haverá senão uma única estrada até o fim.

20 de abril de 1992

Estou em Marabá. Fincada na beira do rio como todas as cidades na Amazônia. 5º 20' de latitude sul e 49º 8' de longitude oeste. Você não dá a mínima? Tem razão, mas é um dado que confere seriedade à viagem. O ex-marujo tem manias.

A cidade dorme à beira do Tocantins. O rio vem do sul, de muito longe. Casou-se com o Araguaia e ambos têm muitos filhos. É um rio bem-comportado. Venha, levo-o pelo Tocantins para ver o céu de aguaceiro sobre as ilhas de areia. Desrizaremos sob a sombra roxa das imensas nuvens. Olhe o incêndio fugaz lá atrás da floresta. Aqui há um deus que rasga as cores. Pinta com seu sopro. O Tocantins é uma enxurrada de ouro quando o sol se afoga nele. O rio procura lentamente o norte. Vai na direção de Belém encontrar o Amazonas. Esperei a noite tépida e quente para rumar para Serra Pelada. Pego a estrada do aluno que devorou Jack Kerouac. O que resta daquela corrida do ouro, da cidade dos homens perdidos? Serra Pelada está no fim da noite. Gosto do amanhecer e de surpreender o despertar dos outros.

As primeiras vozes são vozes de crianças. Elas acordam com o dia. Com que sonham? Serra Pelada, a terra raspada pelos homens. Uma terra vermelha e seca. Um sonho de poeira. Ainda se acha um pouco de ouro, mas muito pouco. Eles lavaram a terra, lavaram as pedras. Esgravataram, escavaram, vasculharam. Esgotaram o solo tal como se esgotam. O mercúrio faz o resto.

O que fizeste da vida, rosto de terra, homem de barro? Vendeste teu ouro por cédulas, um maço de cruzeiros por quatro dólares, por um dia no inferno. Os homens estão loucos e eu também de estar aqui filmando sua loucura. Você está na sua sala de aula com seu pequeno bando de estropiados. Diga-lhes onde estou, levarei imagens. Saudações, general coxo. Saudações, nicotina ambulante. Seu tanque é um corpo. Você leva seus soldadinhos da dor para o campo de batalha. Viaja com eles pelos mapas de geografia. Faz amor escutando o canto dos outros. Preciso dormir, Roland.

Um abraço.

25 de abril de 1992

Para o norte, há as águas do lago Tucuruí. A floresta afoga-se ali no silêncio, uma floresta que os próprios homens afogaram. Um dia, alguém que amava muito as árvores mergulhou no meio das colunas tragadas. Acariciou as madeiras vermelhas que a água enrijecera. E reconheceu os ipês, as sucupiras, os macapás, as seringueiras, os cedros. Então o homem que amava muito as árvores inventou uma máquina e tornou-se lenhador da floresta afogada. Estive com ele, Roland. Ele vive numa balsa acima de seu palácio de madeira petrificada. Alimenta-se de piranhas grelhadas e cana-de-açúcar. Aqui, no fim da tarde, todos se escondem sob as águas, sob as lonas, dentro dos tonéis. Durante vinte minutos, os mosquitos de Tucuruí atacam tudo que se mexe, vive, respira, ama. O animal mais perigoso da floresta, o vampiro do Amazonas, é um mosquito invisível que transforma você na hora numa bolha de sangue. Como vê, é melhor ficar no seu quarto observando a vida dos animais. A Transamazônica esboroa-se por um instante... e agoniza. Impossível escapar. Só podemos ir para a frente ou para trás, como num túnel, nenhuma saída, uma fita vermelha numa prisão verde. Apenas os rios evadem-se da floresta. Juntam-se ao Amazonas, que se afoga no mar. Quanto a mim, quero ver o Xingu. Ele também vem de longe, do Mato Grosso. Casou-se com o Iriri, o rio dos índios araras. Altamira em breve. A cidade da concentração indígena. Onde estão eles? Irei visitá-los, estou emocionado. Entretanto sei que aprender com eles custa-lhes muito caro. Não quero me odiar por não ter coragem.

Altamira: 3º 15' de latitude sul, 52º 20' de longitude oeste. Atualizei-me para irritá-lo. Os índios araras ficam a cinco dias de caminhada, ou seis horas de lancha. Você me acompanha pelo Xingu. Você conhece a espera, a escuta imóvel, estorvante, do corpo inútil e doloroso.

Conheci a espera, a espera no Xingu, uma paz imposta, uma levitação, gostaria que você conhecesse essa leveza, essa transparência da carne, esse esquecimento corporal. O tempo, como o rio, esparrama-se. As cheias e vazantes são sua respiração, ao longo do ano inteiro. Uma maré muito lenta, uma maré por ano, é muito tempo. Eles nasceram ali, de costas para o muro da floresta, os rostos voltados para a água. Esse encontro próximo nada tem de excepcional sem dúvida, mas presumo que a lembrança já esteja definitivamente inscrita.

27 de abril de 1992

Os índios araras vão morrer, desaparecer pouco a pouco, para sempre em sua floresta. Os garimpeiros, os seringueiros, os pecuaristas mafiosos, os traficantes de madeiras de lei, todos contribuem para a morte dos índios. Que fazer diante do inelutável? Também morrem de gripe, de resfriado. Preste atenção, ainda que você não tenha nada de um arara. Um resfriado te mata, meu velho. Não sei se eles nos viram, Roland! Eles têm dois mundos: o invisível, o do sonho, da noite, e o visível, o de seu cotidiano material. Não estávamos em seu visível imediato. Eu me sentia infeliz por ser estrangeiro, perturbado pela indiferença daqueles rostos.

Não reconheci ninguém, sim, talvez uma criança, que brincava com as borboletas do rio. Elas rodopiavam em volta dela e ela tentava agarrá-las. Mas as borboletas amarelas do rio são espíritos, Roland. Ninguém no mundo agarra os espíritos.

29 de abril de 1992

Levantamos uma poeira de ouro que o sol ilumina. Ela se deposita lentamente sobre as folhas. Agora conheço os noturnos ameríndios. Quero ver as brumas transparentes, quero surpreender a aurora da Transamazônica. Eu gostaria de colher a única orquídea, ver a sucuri por entre as raízes aquáticas. Percebi seu reflexo.

Você estava atento, como sempre. Vento oeste forte. Itaituba fica a novecentos quilômetros. Não há senão a estrada e o capim molhado. No quilômetro oitenta, oitenta quilômetros de Altamira naturalmente, fica a Medicilândia. Médici foi o presidente que mandou construir a estrada. A terra é vermelha, as casas, vermelhas, as peles, vermelhas. Há crianças e depois Deus. Deus está em toda parte, sobretudo nesse domingo de abril no quilômetro oitenta da Transamazônica. Os alto-falantes cospem as palavras anasaladas dos pregadores. Só Deus não abandona a Medicilândia. Acredita nisso? Responda! Venha, vamos sair fora! Na França, é primavera. O ar está ameno, transparente, as saias leves, sei disso. Você também olha, fareja, transpõe. Espera meu regresso para que eu lhe fale das garotas daqui, dos meus novos conhecidos. Encontro amigos desconhecidos, rostos, olhares. Por enquanto a estrada é bonita.

Fim de abril de 1992

Vi sobre a fita vermelha, ao longe, à frente, uma bicicleta. Nenhuma casa de caboclo na periferia, e no entanto a bicicleta existia. O rebolado do ciclista demonstrava o esforço e a regularidade da respiração. O instinto mandava diminuir, ainda mais que a surpresa era perturbadora: uma mulher pedalava. A montaria de duas rodas parecia frágil. Uma bunda magnífica ondulava, equilibrava-se voluptuosamente sobre uma sela estreita, quase invisível, uma bunda telúrica, fascinante, insuficientemente coberta por uma economia de tecido. O short de liquidação havia terminado numa espiral azul dividindo duas formas perfeitas, redondas, cheias, generosas. Imagine isso depois de dias de solidão amazônica. Imagine o mais belo rabo da América do Sul, nádegas oferecidas à nossa frente numa bicicleta de carteiro remendada com um selim de corrida e um guidão de madeira. Nádegas que nos ocultavam a paisagem. Nádegas de uma presença inaudita, nádegas morenas, calorosas, firmes, insolentes, nádegas para nos perdermos, nádegas para voltarmos à infância, nádegas que esgotam o soldado, que dão segurança, que empanzinam o voraz, arrebatam o guloso, nádegas que provocam admiração, devoção, fé em suma. Roland, nós seguimos de perto essa maravilha. A garota acabou se virando. Sorria, ofegante. Segurava habilidosamente um feixe de cana. A bicicleta hesitava perigosamente por entre os sulcos dos pneus. Uma dança na Transamazônica. Estávamos deslumbrados. Ultrapassamos lentamente, com a ostensiva intenção de usufruir daquilo. Durou o tempo de uma vertigem. Uma trilha invisível à direita escondia o fim do sonho.

As duas nádegas desapareceram no mato com a risada da mulher alegre. Uma mulher com tamanho poder não podia ser senão alegre.

Estávamos um pouco embriagados com aquela visão nadegal, um pouco entristecidos por sermos excluídos, como que rejeitados.

Eu achava impossível não registrar esse encontro para você. Espero que esteja gostando do meu diariozinho de viagem.

30 de abril de 1992

Encontro no Tapajós. Velarei sobre a noite roxa e quente. Esperarei as primeiras luzes da aurora. Alguém caminhará ao longe, um homem de rosto de sombra que não terminará de chegar. Quem sabe não será você! Há um tráfego intenso no rio. Ao norte, você vai para Santarém, Manaus, Iquitos, Belém, e, para o sul, para Jacareacanga. É a cidade dos garimpeiros, exploradores de ouro. Cidade do tráfico, de todos os tráficos. Procurei um rosto que eu reconhecesse, que talvez me reconhecesse. Um rosto, um único. É a cidade mais alegre da Transamazônica, a mais viva, e no entanto sinto-me perdido. Os aromas se embaralham. As raízes ardem. Sinto vontade de um suco de maracujá ou de um leite de coco. Às vezes é tão divino quanto um copo de Bordeaux. Não acredita? Você não passa de um velho louco irascível e sem requinte? Só tem palato para o que já conhece. Como quer que viajemos juntos? Levarei, sim, você a Santarém, numa gaiola, para passar a noite sobre o rio branco. Vamos nos balançar nas redes sob as estrelas. Não conheço seus nomes. Aqui, o céu é ao contrário. Localizei um Fígaro ainda há pouco, um autêntico. Como nos filmes de Sergio Leone. Fui até lá desarmado. Ele me barbeou como barbeiam você. Mantive as mãos no avental branco e quente. Entreguei-me ao clínico, dócil, olhos semicerrados. Fazer a barba é um saco. Não sinta saudade desse gesto de independência.

Um abraço.

2 de maio de 1992

Dois dias sem escrever, dois dias na sonolência. Fiquei preguiçoso como a serpente. Nada como a embriaguez enjoativa das frutas esmagadas, da cana queimada e a dos eflúvios do limo durante a vazante. Devo encontrar um homem amanhã, um homem em perigo. Ouvi sua voz no telefone. Quero ver seu rosto. Temos uma longa conversa. Estamos sendo vigiados desde ontem à noite. Não é a primeira vez, mas agora é muito de perto, pouco discreto. Assalto — ataque a mão armada — ou extremo zelo dos traficantes? Inclino-me pelos traficantes.

O homem chama-se José Nazareno Santos Ferreira. É jornalista, escritor, poeta, tem trinta e dois anos. Mora aqui em Itaituba desde sempre. Devo encontrá-lo no posto policial principal. Por motivos de segurança, ele não pode deslocar-se. Está marcado para morrer pelos traficantes de Itaituba. Denuncia o crime, o tráfico, dá nomes. José tem muitos elementos, se morrer será tudo publicado. Aonde quer que vá, José é vigiado. Irão matá-lo, a morte está no fim da rua. Não sei o que fazer para ajudá-lo. Ele me pede que divulgue seu depoimento, nada além disso. Deseja ver Itaituba um dia livre e feliz. Sem medo de falar. Iremos à casa dele esta noite. Os policiais vigiam-no permanentemente. Fuzis e escopetas. Ele queria falar mais. José não dorme mais direito. Está separado da mulher, do filho. Esconde-os numa outra cidade para que não lhes façam mal. Chora. Na rua, tem um homem chamado Manuel Isquierdo. É ele o distribuidor da cocaína. José não dorme mais em casa, mas na casa dos policiais, numa rede. O que farão com ele? Será morto em Manaus, em Porto Velho ou em Rio Branco. Os pistoleiros estão por toda parte. José me fala de seus livros, de sua luta, de seus poemas, de amor. Somos vigiados bem de perto. Escondemos as fitas. Temos que ir embora, mudar de ares. Voltar à estrada.

O Repórteres sem Fronteiras, na França, poderá fazer alguma coisa. Vou cuidar disso quando voltar. Vamos zarpar, Roland.

Um fedelho está sentado num caixote azul e amarelo com rodas de madeira. Com a boca, imita o barulho de um caminhão. Sua irmãzinha puxa-o pela beira da estrada. Chora. Fomos comer feijão com ovos cozidos num bar da rua principal. A equipe não está muito segura, os olhos na retaguarda. Há três degrauzinhos carcomidos, uma porta que range ao ser tocada. Todos os olhares voltam-se para nós. Semblantes inofensivos grudam em nossas pessoas. Demoramo-nos sobre a literatura habitual que forra as paredes: Coca-Cola e as mulheres de sonho, Seven-up no Paradise e todas as glórias da TV Globo. Achamos uma mesa ainda virgem. Sentamos nossas bundas cansadas, delicadamente, não queremos incomodar. Não vai demorar. Apenas uma cerveja e a mesma coisa que o cavalheiro ali. O cavalheiro é uma espécie de lutador de sumô de camisa de xadrez sob medida. Tem a cabeça completamente raspada. Pinga de suor. Não tem olhar, apenas dois botões entre as intumescências. Baba seu caldo de lentilhas entre dois lábios mortos. Seus braços, assim como suas coxas, esparramam-se. A cadeira é invisível, soterrada pela gordura. Parece prestes a soltar um peido apenas para dar medo. É cor-de-rosa carne viva. O dono serve-o com a deferência dos lacaios assalariados. Nas mesas vizinhas, rumina-se em silêncio. Não desgrudei os olhos do sujeito imundo porque o fascínio é irresistível. Duas morenas magníficas estão sentadas dos dois lados do monte de gordura. Duas gueixas brasileiras que enxugam sucessivamente a cara molhada do patrão com sorrisos forçados. A mais jovem limpa com um dedo ágil o caldo de feijão que escorre entre a colher e o beiço. Ela sobe do queixo até o buraco roxo. Da boca cheia, uma língua bovina captura o todo. Ela salva seu dedo lambuzado de um fim certeiro e o limpa na camisa do seu homem. A outra, às vezes, acaricia sua nuca como que para acalmá-lo e tranquilizá-lo. Ele funga. Daqui a pouquinho, amor, daqui a pouquinho você terá a sua dose, e, se não estiver muito cansado, vou procurar entre suas pernas. Imagino o direito de cama exercido, as duas escravas vampirizadas na celulite.

Faço uma careta diante da visão das duas mulheres procurando entre as carnes flácidas uma ideia de pau de homem. Imagino a tarefa a ser cumprida e o grunhido do porco na hora de gozar. E o depois. Há sempre um depois! O suíno olha sem ver. Compreendo a presença de duas caras feias decalcadas na parede da entrada e quem é o dono do monte de ferro em forma de Mercedes que atravanca a porta. Pus minha camerazinha na mesa, embaixo do guardanapo. Apontei-a como uma pistola para o lutador de sumô. Não consigo apertar o "ON". A iniciativa é arriscada. Tenho que passar a mão sob o guardanapo e tentar encontrar às apalpadelas o precioso botão vermelho. Minha impressão é de que todos nos observam. É este o caso. Os dois carinhas da entrada não largam do meu pé. O humanóide tampouco. Não tenho coragem. Bebo minha cerveja, lentamente, para refletir. Devo ser parecido com Clint Eastwood. Deve ser isso. Através do vidro, na espuma loura, o brutamontes levanta-se como um dinossauro bêbado. As duazinhas fazem o melhor que podem. Ele titubeia ao aproximar-se da nossa mesa. Para e balbucia alguma coisa com ponto de interrogação.

— Não, francês — responde o colega poliglota.

O brutamontes arrota um refluxo de feijão. Afasta-se, precedido pelas mesuras do outro idiota que deve fazer cocô na cama de tanta vergonha. Enfim, espero que tenha vergonha. Perdoo o medo. Tive medo. Tarde demais para filmar. Salvo! As garotas não levantaram os olhos uma única vez. Já estão mortas.

— Quem é esse ilustre personagem?

O garçom se contorce todo. Está com dor de barriga. Limpa dez vezes as mãos na calça.

— É o senhor prefeito.

Fomos embora com discrição. Não o bastante provavelmente. No caminho, defronte de um outro bar, havia um babaquara com trinta e dois dentes de ouro, correntes de ouro e anéis de ouro. Os bagos também, com certeza. O que justificaria a expressão. Ordenou que eu me aproximasse. Você vai rir, não tive a intenção de desobedecer.

Ele tem uma cara inenarrável, com um sorriso de lingotes. Mói a minha mão. Não resisto. Ele poderia ter sido torturador durante a Inquisição. Bastaria pulverizar punhos para arrancar confissões. Abre seu cofre-forte de pepitas e expele uma voz rouca. Tradução: se manda, aqui não é sua casa, amanhã você está morto. O balofo esparrama-se em sua cadeira, dois revólveres estampados na camiseta, mensagem recebida. Tenho uma fita comprometedora de José Nazareno. Recupero o que sobrou da minha mão. Sorrio mais largo do que nunca. Boca de Ouro também. Os figurantes fazem mero papel de *bad boys*. Pegaremos a primeira balsa amanhã. Daqui até lá, seremos discretos. Acho a cerveja muito amarga. O rio é triste como os rostos, como os risos, como as garotas, como o cavalo que passa. Não sou um herói, tranco meu quarto a chave. Não prego o olho. Toc-toc. Quem é? Amigo! Que amigo? Amigo! Abro. São dois. Tento a indiferença: O que é? Nada! Só para saber para quem eu trabalho. Para a TV na França. Ah, é? Onde fica? Na Europa! Ah, é? Pequeno muxoxo dos dois cretinos. Parece-lhes muito longe. Realmente! eu digo. Eles fazem troça. Dois maus atores num faroeste de segunda. Os trabucos são de verdade, eis a diferença. Eu preferiria ser Mitchum ou Clint Eastwood. Faria esses dois idiotas morderem o linóleo imundo. Esmagaria o nariz do maior com o salto das minhas botas. Sangue no linóleo. Não chegou a entrar em cartaz. Os dois garimpeiros foram embora com jeitão de alcaides. Fiquei plantado entre a cama e a pia com a minha cara de cinza. Dor de barriga. Tenho a sensação de ser uma lâmpada sem abajur. Nada mais estúpido!

5 de maio de 1992

Faz semanas que o deixei no fim do corredor amarelo sem a sua cadeira de rodas, os cabelos espalhados na sua cara grande, o olho não obstante preocupado com a minha demora além da conta. Estou no Eldorado, a floresta-sonho. A das miragens. A floresta inconsútil. A Amazônia é a primeira página do Gênesis ainda por escrever, dizia Euclides da Cunha. Há uma mancha no meio da página. A Transamazônica é um sonho rasgado, fatiado pelas chuvas e os homens, comido pela floresta. É uma pasmaceira, um rendado de lama seca e pontes precárias. Esperamos uma balsa fantasma à beira de um rio desconhecido. Procuro um carregador. Nunca se está sozinho aqui. As pessoas ajudam. Como não têm nada a oferecer, doam seu tempo. Pesco tucunaré e pirarucu para você. Vamos grelhar piranhas e tomar café. Uma noite, um caminhão caiu no rio. Uma noite sem lua e sem sono, com muita aguardente. Havia muita água, impossível retirar o corpo. Os peixes acabaram com ele. A carcaça do velho Ford vai embora nas corredeiras. Um dia, farei você provar cachaça. Aquele que bebe o suficiente pode viajar e conversar com os espíritos da floresta e até mesmo ver pontes inexistentes. Quanto a mim, vi efetivamente borboletas elétricas e uma mulher com mãos de fósforo atravessando a estrada. Quero aprender a passar do visível para o invisível. Sonho e realidade são vividos da mesma forma. Nesse dia, os índios irão me ver. Alberto, ciente do meu sonho, quer me levar para visitar sua cabana. É seringueiro. Coleta o sangue branco das héveas. A palavra em francês para borracha, *caoutchouc*, é uma palavra maia. Quer dizer a árvore que chora, falo muito bem o maia. Penso em Chico Mendes, defensor dos seringueiros, das flores, dos índios, morto em algum lugar ao sul, na direção de Rio Branco, assassinado por pistoleiros. Sua luta continua. Alberto é como ele, um simples seringueiro. Sabe como devemos amar a floresta. Se você a maltrata, ela se vinga. Conhece a história da árvore-cobra? Um dia, no começo da estrada, os homens queimaram a floresta para cultivar a terra. Queimaram, queimaram muito. Todas as árvores morreram, menos uma. As cobras, que não gostam do fogo, escalaram a grande árvore negra. Na última noite do incêndio, o Curupira, o gênio da floresta, ficou com raiva. Sacudiu o céu e explodiu as nuvens para apagar o fogo e com seu sopro petrificou a árvore e as cobras. Desde então ninguém consegue cultivar a terra. Na estação das chuvas, os rebanhos atolam. E durante a seca ela é vermelha como o cerne das árvores, vermelha como brasa. Ela é Brasil. Bebi a água pura dos cipós hidrófilos. Roland, tenho que chegar ao fim dessa estrada em fragmentos, arme-se de paciência.

Falei com você dessa cidade, dos pães de mel, de um perfume de amora esmagada, de uma música de acordeão? De uma cidade que não fica à beira de um rio? Uma cidade-cenário, uma cidade pintada de amarelo e azul. Não sei se existe de verdade. Há ruas para passear, ruas para o domingo, ruas para as crianças. Uma cidade cujo nome esqueci. Acho que é uma cidade-fachada sem casas atrás. Continua o vento oeste. Não conto mais os quilômetros desde a balsa de Itaituba. Não resta grande coisa do traçado inicial da estrada. De acordo com o mapa, percorremos um pequeno afluente do Madeira. Haveria um lugarejo à direita. Eles são bastante silenciosos por essas bandas. Reencontrei os titãs, as escavadeiras monstruosas. Estão destruídos. O são Jorge amazônico aniquilou os monstros. O animal selvagem da civilização agoniza. Os ogros da floresta enferrujam sob as folhagens. Não sobrou nada do cavalo de Troia. Bem perto, à beira d'água, há um cemitério, cruzes numa touceira. Os mortos, como os vivos, olham para o rio. Vinham de muito longe, das terras secas do Nordeste, com esperança de uma vida nova. Uma noite de cheia, o barco naufragou. Afogaram-se. Eram trinta, homens, mulheres e crianças. Viagem estranha. Está tarde, preciso encontrar uma cabana. Não durma, Roland, escute a noite.

10 de maio de 1992

Você ainda não sabe nada dessa viagem. Não sabe que ontem à noite na beira do caminho havia um pequeno lago rumo ao qual espreguiçava-se um rio apaziguador. A água era transparente, propícia ao banho. A temperatura estava amena. Havia plantas carnívoras que se fechavam com uma carícia, pedrinhas azuis na correnteza e um pouco mais acima, na montante, um gavião-pescador. Poderíamos ter dormido ali, sob as palmeiras. O gavião teria carregado o sol em suas costas e o depositado para nós no dia seguinte no dossel das grandes árvores. Mas passamos sem parar, mais tarde lamentando não ter vivido tudo aquilo. Chegamos ontem a Humaitá, às margens do Madeira. Já deixamos mais de três mil quilômetros para trás. Aqui é possível embarcar para o sul, Porto Velho, e para o norte, longa viagem em direção ao Amazonas. O rio Madeira é um filho do Amazonas. É filho de Madre Dios e Mamoré, originário do Peru e da Bolívia. Aquele que hoje desliza por um rio amazônico vê exatamente as mesmas paisagens que aqueles que as viram há três ou quatro séculos. Entretanto, subindo o Madeira, descobrimos algumas turbulências na água. Há uma febre, uma febre malsã nesse rio. Muitos homens pegaram essa febre. No Madeira há uma cidade sem palafitas sobre a água. Uma cidade-quebra-cabeça, uma cidade-lego. Ela se faz e desfaz, se junta ou separa ao sabor dos fundos. A febre paira sobre essa cidade flutuante, movente, é uma cidade bêbada, titubeante, contida por cabos de aço, armada com turbinas, compressores, mobiliada com grupos eletrógenos, abastecida com diesel, gasolina. É uma cidade que colide, que vibra. É uma cidade em marcha sobre as águas, cega e drogada pelo mercúrio. Uma cidade gotejante. Por que eles precisam atormentar o rio? Morangos turbilhonam na água lamacenta, rasgam o leito do rio, sulcam o fundo.

O Madeira é aspirado, engolido, canalizado, projetado em turbilhões de lama e areia. O Madeira vomita-se a si próprio. Os monstros expelem o rio na potência máxima. O inferno está sobre as águas. Pelo ouro, unicamente pelo ouro. As mulheres vieram de longe, do Sul, do Nordeste, de suas aldeias amazônicas, das favelas do Rio, de Recife, de São Paulo. Uma mulher por balsa, mulher para fazer tudo, faxina, cozinhar e o restante. Borboletas perdidas em meio às bocarras. O repouso do guerreiro. A febre do ouro infernal é incurável. A paz a montante do Madeira é rasgada pelos sobressaltos de uma cidade que ressoa como um gongo. Os insetos de aço estão alinhados para um último assalto. E se vencessem? O rio ferido, doente, embriagado pelos golpes, foge para o Amazonas. A floresta de cada lado do rio nos olha com uma cara esquisita, nos teria dito Michaux.

12 de maio de 1992

A noite é amena, sem vento. Estamos a bordo da Transamargura, a estrada dos remorsos. O sonho branco inacabado. Foi Osmar quem disse isso. Osmar Schutz veio aqui de algum lugar do sul, no início do sonho. Construiu um barraco na beira da estrada. Casou. Vitória é sua filha. A Sra. Schutz está doente no hospital de Humaitá. É preciso não ter realmente nada para saber o que é não ter nada. Osmar Schutz não tem nada, a não ser seu barraco, seu chimarrão e Vitória. Há um cheiro quente, um perfume familiar, tranquilizador. A mão de uma criança no joelho do pai. Estou na sombra, escuto seu silêncio. Nem televisão, nem rádio. Tenho a impressão de estar aqui há um século olhando um rosto, depois o outro, Osmar e a pequena Vitória. A luz do gás se enfraquece, uma borboleta morre e o Jesus do calendário se entristece. Não tenho nada a lhe oferecer, diz subitamente Osmar Schutz, a não ser meu tempo. Há mais um silêncio. De repente Vitória lança-se em sonhos desordenados como uma chama trêmula. Queima o presente, volúvel, para libertar o horizonte para além da floresta. Olha para nós como se fôssemos a fonte, com a vontade louca de saber. Ela sabe um pouco da outra vida. Os livros falam disso. A escola é outro barraco cheio de esperança. O professor vem de Humaitá. É uma cidade grande. Há promessas por lá. Ela se prepara. Osmar a imagina voando. Não irá segurá-la. Ela deve partir. É um anseio diariamente renovado. E que não terá volta. Quem voltaria para se enfurnar aqui, mesmo por um pai? Osmar veio perder-se no Eldorado com sua fé e sua coragem. Sabe que perdeu. Nada lhe resta senão acreditar em Vitória. Nem tudo terá sido inútil. Ela desce do colo, vai procurar o caderno. Mostra-nos seus desenhos. Há casas em forma de castelos, aviões, ruas sem fim. Há um casal de noivos. Tudo é verde como a floresta, exceto o vestido, que é vermelho.

Como fazer o branco numa página cinzenta? Vitória é esperta. Ri mostrando o retrato que fez de seu pai. Ele usa óculos grandes sobre imensos olhos pretos, orelhas de abano, descomunais, um chapéu de feltro verde. É atarracado. Perto dele, há uma menininha e uma senhora de cabelos muito compridos, chorando. Ela está doente, diz Vitória. O velho Osmar segura delicadamente o pescoço da filha para afastá-la. Vai pegar no fogão de barro uma tigela de água fervendo que despeja na erva-mate. A criança volta para o seu colo. Ele chupa a bomba de chimarrão. Segura a cuia pelando com mãos que o calor não fere mais. Espera irmos embora. Eu gostaria de ter visto no dia seguinte os cinco alunos da escola, o professor de Humaitá e o trabalho cotidiano de Osmar. Há uma balsa nos esperando à noite.

15 de maio de 1992

 Pronto, Roland, a estrada acabou, nunca iremos a Labrea. A floresta tragou-a, os rios a mastigaram, as chuvas a diluíram. A estrada não passa de uma comprida fita vermelha que atravessa a Amazônia. Uma fita amassada e rasgada. Um deus que já estava de saco cheio cortou-a nesse ponto. Não passa mais ninguém. Mais além, na direção do oeste, é o Peru, os Andes, o Pacífico. O sonho branco continua. Não dei nada durante essa viagem. Nada equivalente ao que eles me deram ao longo de toda essa estrada. Vou deixá-los aqui. Sem compreender claramente o que será deles. Não voltarei pela estrada. Não esqueci que o pássaro é o símbolo do continente americano. Que o pombo ensinou às tribos a linguagem articulada. Que foi um beija-flor que anunciou aos homens o fim do dilúvio. Que a arara é sagrada. Estou levando para você um pouco dessa floresta das primeiras manhãs do mundo.

B.

TGV La Rochelle-Paris, outubro de 1992

R,

O trem apresenta realmente algumas vantagens. É um lugar privilegiado para compromissos, reuniões tranquilas. Tínhamos então um encontro marcado nesse trem entre La Rochelle e Paris. O garçom passou, tomamos um café preto. Açúcar? Só um cubo. *Croissant* para mim. Obrigado. Tento olhar para fora. Ainda é noite. Difícil se dar conta da velocidade. Entretanto estamos a quase 300 km/hora. Tenho tempo de perceber algumas luzes tímidas, pessoas acordando sem compromisso. Apenas de hábito. E, de hábito, não falam mais. Só se escrevem nesses encontros a monotonia, leve como as brumas do inverno, e o medo de que amanhã a rotina não esteja mais ali. O dia nasce com dificuldade sem eles ou com eles, isso não importa.

Um azul elétrico reina sobre um pequeno arquipélago de lampadinhas: HOTEL**. Sem nome, apenas: HOTEL**.

Ele pediu um café-da-manhã também. Está sozinho à mesa, a luz é muito agressiva. É obrigado a ver o trem passar.

Dormiu mal com o *coq au vin* da véspera. Tinha tentado levar uma garota para o quarto, uma garota rechonchuda que chorava no bar. Ela bebeu as duas cédulas de cem francos, contou sua tragédia e foi embora na noite, com o lenço no nariz. Ele sequer tentou segui-la. Pela manhã, acertou suas contas. Vende rolimãs. Aquelas reuniões sobre metal o entediam. Ele observa a garçonetezinha no fundo da sala. Ela boceja sob seus cabelos em desordem, de braços cruzados. Ele espera seu café, ela também. Em que pensa ele ao olhar para ela? Ela veste uma saia preta um pouco curta, meias pretas coladas com joelhos dentro. Quando lhe trouxer a bandeja, hesitará por um instante na beirada da mesa antes de se ir. Então, sem olhar para ela, ele instalará sua mão sobre sua coxa magra e a subirá lentamente sob a saia preta.

Ela olhará para o lado das cozinhas e deixará a mão vasculhar sob sua saia. Ela usa um colante sobre uma calcinha grossa, toda uma história!

Vai fazer frio esta manhã, ele está tiritando!

Lembro-me de uma puta em Kobe, no Japão, no inverno, durante uma escala do *Jeanne*. Uma travessia desde Honolulu sonhando com uma sofisticada Butterfly. Mas a embriaguez dos bares é muitas vezes a estreia. Era um bordel. Mal sentamos, duas garotas vieram arrancar os botões da braguilha das nossas calças. Zoavam da nossa cara. Eu tinha dezessete anos. Gostei de gozar na mão dela. Bebemos como velhos lobos. Mais tarde, muito mais tarde, uma ave noturna me levou por entre duas cortinas. Numa outra fileira de bancos, atrás do plástico transparente, meu companheiro de costado tentava ficar de pau duro enquanto a garota mexia no rádio. Que escarrava uma música insípida. Quero dizer uma música morna, anêmica, com uma voz de tuberculoso asiático. Minha companheira fez minhas calças caírem. Deixou-me de quepe. O pompom vermelho traz felicidade. Ela parecia tão inocente. Deitou-se e me ordenou que fosse sobre ela. Não foi sem dificuldade. Eu estava brocha. A música, as cortinas de plástico e a ternura gelada de Butterfly não facilitavam o trabalho. Sobre o descanso sintético havia uma lamparina de bambu, um guardanapo de papel amassado, uma enorme mosca morta, um maço de cigarros e um zippo. Olhando para o teto, ela esperava, os braços cruzados atrás da cabeça. Consultou seu relógio. O tempo era contado. Estava com a boceta para cima. Aos dezessete anos, eu não conhecia Coubert. Não sabia o que era a origem do mundo.

Talvez o sexo aberto entre duas coxas magras não pertencesse mais àquele olhar perdido. Talvez; esquecendo aquele olhar e fascinado por aquela extravagante flor roxa, terminei ficando de pau duro. Deslizei. Havia ali lugar para dois. Para a frente e para trás sem capricho, sem fantasia. Para a frente e para trás como uma trituradora. Está dominado, como se diz. Aquela noite, eu teria preferido uma carícia, um olhar, até mesmo uma mentira, teria preferido não grandes coisas, mas alguma coisa.

Eu tinha apenas dezessete anos e aprendia o amor. Sem esforço, soprei em cima da mosca morta evitando o olhar indiferente da garota. Era minha única chance de ir até o fim. Ela estava longe. Pegou um cigarro atrás dela, sem tatear. Estava acostumada. Pegou o isqueiro e scratch! Deu uma longa tragada. Eu fazia meu trabalho conscienciosamente, sem resultado. Para a frente e para trás, o quepe enviesado na cabeça com *Jeanne d'Arc* em letras douradas bordadas sobre uma faixa preta e aquele pompom no fundo azul-marinho, que ela terminara por fitar, hipnotizada. Para a frente e para trás, ela pegou meu quepe no voo e o colocou em seu rosto. Eu trepava de chapéu. Ela começou a conversar com a colega, como no escritório. Troçavam da minha cara. Riram, uma risada rouca, de fumantes, de chupadoras. Aquilo deve ter me dado um choque. Gozei e senti vergonha de ter gozado em cima de uma risada, sem um olhar, de ter gozado daquele jeito, sem controle. Esbofeteei-a, seu cigarro voou em fagulhas. Berrei: Sua escrota! Peguei seu pescoço e apertei. Era um pescoço pequenininho, lembro-me disso. Ainda o sinto em minhas mãos. Ela pareceu envelhecer. Ia morrer com esperma fresco de marinheiro francês no fundo do ventre. Eu ia matá-la, Roland.

Meu camarada me tirou dali. Escapulimos antes que a coisa esquentasse. Poderíamos ter levado uma sova. A juventude corre rápido, felizmente, mesmo com uma overdose de saquê. Duas trepadas de graça, me disse o colega sem fôlego, rindo. Eu não ri muito, Roland. Vomitava ao longo da parede que fedia a urina e exibia, no alto, hieróglifos japoneses que deviam contar os mesmos salseiros que os nossos hieróglifos.

— Seu quepe?
— Merda!

Impossível voltar a bordo sem o quepe e voltar ao bordel sem ser linchado. O colega subiu o portaló. Dirigiu-se então para a praia de trás e arremessou seu quepe na noite como um frisbee. Recolhi-o na neve suja. Subi a bordo e me refugiei, amargurado, no cheiro forte, um pouco acre mas quente, do posto dos maquinistas onde setenta sujeitos embrutecidos pelo cansaço roncavam como bem-aventurados. Dormi também, até o toque de alvorada. Foi assim. Algumas horas, sem sonho, sem pesadelo, mas em que tudo estava gravado. A puta de Kobe também guardara uma lembrança estranha do marinheirozinho francês. O quepe da Royale deve ter ficado pendurado meses a fio acima da cortina de plástico e do abajur de bambu, com seu pompom não mais tão vermelho e empoeirado. Houve uma primeira mulher, uma neozelandesa. Era em Wellington. Era bem mais velha que eu. Era professora. Não sei mais o que ensinava, provavelmente o amor. Era compreensiva, solícita. Queria que eu desertasse para morar com ela. As mulheres são loucas. Eu poderia ter aprendido inglês, eu, que apenas balbuciava algumas palavras. Era talentosa, talentosa para fazer o bem, para dar confiança, como outros são dotados para fazer o mal. Foi uma iniciadora apagando delicadamente os medos, as incertezas, os pudores repressivos. A putinha de Kobe estragara tudo.

Eu não queria mais senão voltar ao mar, deixar-me invadir pelo torpor das noites de plantão. Queria desfrutar da solidão marinha, respirar os eflúvios do óleo cru, os vapores escapados. Queria o calor úmido, o suor diante das caldeiras, a graxa, degradar-me com o caos. Queria saciar-me na matriz incandescente das máquinas. Queria tragar o grande narguilé, não pensar em mais nada senão em obedecer às ordens, à espera da revolta.

O trem corre pela cerração, parece ter pressa de chegar em Paris. Eu, não! É uma manhã em preto e branco, uma manhã indiferente.

É disso que o trem foge. Vai para o leste, para o levante. Só irá parar quando houver encontrado o sol. Prefiro assim! O trem do sol é melhor que o trem das brumas, menos misterioso talvez, mas paciência.

B.

Paris, 15 de outubro de 1992

R.

Hoje eu teria certamente apreciado imagens de mar sossegado por entre rochedos iluminados pelo sol. Um mar transparente anunciador de um dia infinito, sem choques. Uma carícia morna, envolvente, até o fundo do ventre. Voltamos sempre ao ventre.

Não lhe contei tudo sobre o Japão, Roland. Isso me volta como uma foto no revelador. Nada se apaga. Tudo está gravado. Estou me repetindo. Isso me volta como uma lufada que consola.

Dois dias depois da minha tentativa de assassinato, preparávamos nossa partida para as ilhas Etajima e Myajima mais ao sul. Fazia frio. Era inverno no Oriente. Nevara. Eu ruminava soturnamente minha última aventura. No dia da partida, os maquinistas que não estavam de plantão nas máquinas congelavam-se em trajes de gala, como os demais, para a cerimônia oficial, regulamentar e obrigatória. O navio deixava um país estrangeiro. Prestavam-lhe homenagens. Marinheiros e oficiais estavam nas pistas de decolagem e nos passadiços. Eu estava entre eles. Belo panorama, comandante. Mas não havia ninguém para admirar os uniformes azul-marinho contra um fundo de aço azul-claro. Prestavam-se homenagens a um cais vazio. Não interessa, era bonito. Imagine, um céu branco, um óleo grosso para pintar o mar e o navio envolvido no vapor, chapado num reboco de alvaiade. A máquina estava aquecendo desde as cinco da manhã.

Ninguém ainda violara a neve imaculada do cais. Ocupava todo o seu comprimento, uns trezentos metros talvez. O portaló era a última ponte entre o Japão e aquele pedaço da França. Podia chegar um piloto, um pacote, uma mensagem, que sei? Mas nada acontecia e a hora muito próxima da aparelhagem anunciava que nada aconteceria. Não havia senão a nudez do cais, a pureza das linhas assombradas às vezes pelas protuberâncias congeladas das abitas de amarração e dos cordames esquecidos. Ouvia-se apenas o rumor da cidade do outro lado dos hangares. A última imagem do filme esperava os créditos. Arrastávamo-nos, batendo no zinco dos tombadilhos para nos esquentar, os dedos sob o dólmã. Eu estava hipnotizado por aquela banquisa sem fim.

Meu medo era ver uma sirene da polícia japonesa respingar azul na neve. Dois tiras bateriam as portas. Subiriam o portaló como num policial de segunda e me embarcariam por tentativa de homicídio. Eu passaria uma parte da minha vida me empanturrando de arroz numa prisão de Hokkaido.

Não desgrudava os olhos de um contêiner, lá embaixo, bem ao fundo da chapa metálica. Pintava-o com o olhar, não tinha outra coisa a fazer. Tive que criar aquele momento em que a pequena silhueta apareceu. Ela deslizava em nossa direção, deixando atrás um rastro levemente sombreado. O pequeno personagem afundava na neve fina tendo à sua frente alguma coisa que escondia seu rosto. Foi preciso longos minutos antes de vislumbrar um enorme buquê de flores. A aparelhagem era iminente. Lá em cima no passadiço no alto do castelo, o comandante e seus oficiais deviam fazer-se as mesmas perguntas que nós. Flores no inverno saltitavam rumo a um barco solitário na ponta de um cais congelado. Rápido!, gritou um marujo. O buquê acabou chegando ao portaló. Deslizou suavemente sobre um rosto magnífico. Esqueci os comentários e as risadas. Ela era bonita demais. O oficial de guarda desceu até ela cautelosamente. Os olhares de troça de trezentos marinheiros na expectativa de um passo em falso o dissuadiam de se achar o Harrison Ford. As risadas da tripulação o teriam apunhalado. Ela era cativante, obstinada. O oficial voltou a subir o portaló e desapareceu atrás de uma porta estanque. Expectativa. Alguém a bordo do navio evitara os bordéis e mexera com o coração de uma japonesinha de Kobe. Ela não se mexia. Só havia olhos para ela, evidentemente. Ela era paciente, nós, menos. Tínhamos pressa de saber. Era preciso ser um homem importante para atrasar àquele ponto um navio da Royale. Um marujo de macacão azul surgiu no passadiço, enveredou pelo portaló como Buster Keaton e se esparramou até o cais pelo escorrega congelado. A tripulação foi caridosa. Ele levantou a bunda molhada, voltou-se para nós com um mísero sorriso de desculpas, e houve um estranho silêncio. O marinheiro-maquinista Delambre, fuliginoso até a estopa dos cabelos, as mãos de graxa, o azul do macacão lavado no óleo de troca, era provavelmente o marinheiro mais feio da Marinha nacional. Opinião ocidental e portanto puramente subjetiva, você me diria. Sou a prova disso. Tínhamos apesar de tudo um pouco de dificuldade em imaginar o *love story* da rolha fuliginosa com uma princesa japonesa. Vá se catar, as belas histórias são escritas dessa forma. Ela se precipitou para ele. O enorme buquê impediu o enlace. Ela o depositou na neve, a seus pés.

Ela tentou beijá-lo, mas ele estava duro como um cordame congelado. Ele continuou a nos olhar com o mesmo sorriso, o nariz torto, as orelhas roxas de abano. Um imbecil generoso gritou: Vai fundo, não estamos olhando. Ela acabou beijando-o na boca. Juro, pode esquecer todos os beijos de cinema que mexeram com você. No chinelo Bogart e Rita Hayworth, Stewart e Hepburn, Gabin e Morgan. Você tem que engolir. Só existem agora Delambre e Flor das Neves. Veja o fim do filme. Foi o mais longo dos mais belos beijos de cinema produzidos pelos homens. Ela chorava. Murmurava em japonês poemas de amor para Rolha Gorda. Escolhera o mais feio mas o mais apresentável, isso compensa. Ninguém falava nada e nenhum marinheiro naquela porra de barco ousará lhe dizer que ele derramou uma lágrima. O frio deu um jeito em tudo. Ninguém viu, não aconteceu. Homem não chora. Já fazia um bom tempo que o delicado tenente tentava chamar à ordem o marujo Delambre, a fim de que ele voltasse à sua máquina e o navio aparelhasse. Nos aposentos do capitão, fremia-se de impaciência. Gostava-se dos filmes bonitos, mas não muito longos. É compreensível. O amor causa desordem e convém prestar-lhes essa homenagem, afinal foram mais que pacientes. O oficial não sabia o que fazer. Visivelmente não tinha coração para arrancar à força aquela moça dos braços do marinheiro. Teria sido preciso atirá-la com violência sobre a neve, quebrar seu pescoço já frágil e que uma mancha de sangue se espalhasse como uma grande pétala sobre o branco do cais. O marujo desesperado teria sido encontrado mais tarde enforcado nos canos da caldeiraria. Filme de segunda. Delambre fez os braços da garota deslizarem com uma infinita delicadeza. Tomou-lhe o rosto pela última vez e beijou-a nos olhos. Subiu o portaló como os degraus de um festival de Cannes, sob os aplausos entusiastas de uma tripulação emocionada. Delambre, o herói, retornou às máquinas e voltou a ser operário.

Flor das Neves permaneceu imóvel, os braços ao comprido do corpo, o buquê esquecido a seus pés.

O barco deixou irresistivelmente o cais. Foi um interminável travelling para trás. Bem longe, no pano de fundo do porto, a pequena silhueta apagava-se lentamente do quadro.

Não me pergunte se essa história termina assim. Ela para nesse ponto, créditos do filme. Não há continuação, nunca, entre os marujos.

Saudações, chaminé.

B.

Diálogo

— *Conhece as ilhas Marquesas?*
— *Conheço.*
O silêncio que se seguiu era alegre, um silêncio com ponto de exclamação, um silêncio escrito com a vontade.
A ausência de palavras significava a ambição do projeto. Nem você nem eu ousamos formulá-lo.

Cidade do Cabo, abril de 1993
Filmagem: À la poursuite du vent

R.

A Cidade do Cabo é magnífica se você esquecer as *townships*. O mar é mais que azul. Ao largo, é a Antártica. Bem ao largo, teríamos que atravessar as Kerguelen para chegar lá.

Há uma outra ilha não muito longe da costa, Ruben-Island, Mandela passou todo o seu cativeiro lá. Acho que há uma respeitosa peregrinação a fazer.

A Table Mountain não abandona seu espesso chapéu de nuvens. Mil metros de altitude. Já escalei duas vezes. O sol se põe sobre a cabeça de leão. O jardim botânico é um sonho. A estrada das flores pode levar você até Port Elizabeth. Vento leste. Se eu tivesse a possibilidade de dar uma escapada, não saberia aonde levá-lo: reservas do norte, cataratas Vitória, Namíbia, o Lesotho, a Zâmbia? Eu volto.

B.

Cidade do Cabo, abril de 1993

R.

É culpa de Lutero, culpa de Calvino, já que antes era culpa dos católicos. É culpa da revogação do edito de Nantes. É culpa dos huguenotes, que correram para escapar das torturas, dos empalamentos e dos cultos tumulares. Sei disso, sou protestante, enfim, de origem protestante! É culpa dos holandeses que seguiram os huguenotes e dos ingleses que perseguiram os holandeses. Tudo isso engalfinhou-se mortalmente com a crueldade original dos homens. É toda a história da África do Sul.

— Resumida sucintamente?

— Muito sucintamente.

— E os africanos, cavalheiro?

— Mas sou africano. Branco, mas africano, há várias gerações.

— Sim, mas os africanos de antes, os negros, os originais?

— Disseram que não havia ninguém antes da chegada dos brancos.

— Quem lhe disse isso? Um ignorante? Um racista? E os bushmen, cavalheiro, e os zulus?

— É, é, os zulus.

— Os zulus que subjugaram todas as tribos desse sul da África, um povo maldito, cavalheiro, guerreiros de primeira, organizados como os romanos. Não menos ferozes. E os xosas, cavalheiro?

— É, é, os xosas.

— Foi em meio à aristocracia xosa que Mandela nasceu, o futuro presidente negro.

— É, é.

— Sabia, cavalheiro, que, como os zulus, os xosas pertencem ao grupo linguístico dos N'Gunis? Seus olhos estão arregalados.

Em todo caso, Roland, não se esqueça de que preciso lhe contar a edificante história de Shaka, o chefe deles, um sujeito formidável, um senhor da guerra indiscutível e esquecido, até mesmo pelos brancos "negrófobos". Pode imaginar.

Vou lhe mostrar um livro sobre a pintura n'debele. Nada a ver com o que precede, penso nele assim.

— O senhor dizia, cavalheiro, que era africano branco. Onde estão os africanos negros, aqui, na Cidade do Cabo?

— Estão aqui, conosco.

— Onde, aqui?

— Aqui em volta, em volta de tudo, nas *townships*, muitos nos campos, no Transkei, no Ciskei, vivemos juntos agora. Cada um na sua casa. A segregação terminou. Mandela chegou.

— Sim, poder político para os negros, econômico para os brancos. É assim a divisão. Felizmente, o dinheiro é um grande poder.

— Sim. Hi! Hi!

— Quando vim, há trinta anos com a Marinha, havia assentos para os negros, assentos para os brancos, a frente dos ônibus para os brancos, a traseira para os negros.
— Isso terminou, cavalheiro, só os negros pegam ônibus, nós temos carros. Hi! Hi! É uma piada.
— Entendi.
— A coisa está quente, cavalheiro, às vezes quente até demais, a delinquência se instala.
— A desigualdade!
— Acha?
— Sim, senhor.
— É preciso muita paciência. Mandela é um exemplo.
— É.
— É preciso tempo para escrever uma história.
— Malditos huguenotes. Apesar de tudo, conseguiram fabricar vinho, e é bom.
— Muito bom.
— Não falamos da guerra dos bôeres, de Baden Powel, dos ingleses, dos campos de concentração.
— Há muito a dizer sobre os ingleses!
— Não falamos de Blood River, dos guetos negros, dos guetos brancos, dos fascistas, da criação do Congresso Nacional Africano, da repressão das minas do Transvall, do nacionalismo, dos mestiços, da juventude de Gandhi aqui, na Cidade do Cabo, do cativeiro de Mandela, do futuro da África do Sul.
— Há muito a dizer, cavalheiro, mas é na nossa casa que fica o Cabo da Boa Esperança.

B.

Transkei, maio de 1993

R.

Meu entusiasmo e minha avidez por viagens, minha curiosidade insaciável, em suma, meu incontrolável apetite de partir que alguns chamam de "bicho-carpinteiro", doença de nome encantador, levaram-me a aceitar um destino misterioso: o Transkei. Região bastante perigosa, parece, mas bastante selvagem, apenas recentemente aberta ao turismo, e que realizaria, creio, meus sonhos de viver a África como ela é. Vá até o Transkei. Confio no que dizem. Tenho três dias de folga, a francesinha do Cabo está cuidando de tudo. Eis-me no avião. Sobrevoo com júbilo o Cabo da Boa Esperança pensando trazer meu filho aqui para sonhar com ele. Tenho tempo de imaginar um três-mastros fugindo rumo ao mar grande na rota das Índias. As velas estalam. Marulho sinistro. Dez minutos após a decolagem, uma massa de nuvens que vem do leste corta toda a possibilidade de admirar a costa, a rota dos jardins, o Ciskei etc. Fim do anticiclone austral sem dúvida. Mergulho então no dicionário de inglês para recapitular algumas palavras e expressões obstinadamente *unemployed* em minha conversa pouco escorreita. Meu inglês, você sabe, não é lá essas coisas, e isso desde sempre. Bloqueio. Deixemos essa fraqueza de lado, por favor. Sei, terei que voltar a isso.

Parti com a firme intenção de testar minha paciência e aptidão à felicidade. Logo, para evitar qualquer aborrecimento *because* a língua, abro o livro de J.F. Revel: *O monge e o filósofo*. Tudo é dito sobre o budismo e a reflexão ocidental. Regalo-me com o tanto que recebo de garantias sobre estar de acordo com todo mundo e ao mesmo tempo persuadido de que é tarde demais para questionar tudo de novo. Duas horas para chegarmos a East London nas nuvens.

Tenho apenas três dias. São onze horas. Minha calma nada tem de surpreendente. Tenho tempo. Tempo para quê?, você diria...

Gavin é o nome dele, está à minha espera no aeroporto. Já passou dos sessenta, é bonitão, educado. Tem o nariz de Paolo Conte, a barriga holando-germânica, a pele inglesa rosa-bebê e a coxa flácida. É simpático. É meu anfitrião e faz um esforço para falar *slowly*. Pronto, estou a caminho de Wave Crest, *near the sea*.

De passagem enalteceu East London, de que não verei senão montes de edifícios escondendo talvez algumas casas huguenotes no estilo de Amsterdã. A continuação é pela autoestrada, ravinas e ravinas. Onde estás, África? A Normandia de um lado, o Auvergne do outro. Vacas, vacas, cabras e cabras. Ótimo! Tenho tempo, será mais original mais longe. Estou bem, muito bem. A conversa é urdida por longos silêncios. Ele me deixa admirar, e admiro. Admiro o céu baixo, à beira das lágrimas, acima dos campos de bosta. Os bangalôs substituíram a casinhola *berrichone*. É um filme de segunda, mas assisto.

Próxima cidade? Não entendeu! Paciência! Seguimos adiante, tiro um cochilo. São duas da tarde. Tenho três dias. Parada na cidade de... não entendi de novo. *Lovely no? Yes! Very african town, only black people are leaving here!* Ah! Ah!

Ele aproveita para fazer compras, ir ao banco, procurar limão, comprar remédio contra diarreia para clientes imprudentes. Espero, tenho tempo! Compro uma banana. Observo a pequena Dakar que é essa cidade da África do Sul. Xosas e zulus têm uma cara de dar pena. Arrastam suas carcaças para os postos de trabalho. *No jobs!* Não estou no Transkei, isso é um engano. Mas estou em viagem, tudo é um estudo. Meu eu não existe. É uma ilusão, portanto estou calmo e aberto, espero. Isso é *modern style* por aqui. *African modern style.* O *boss* chega sorrindo: *Five minutes more for petrol and we go. Interesting, no? Now the most beautiful country you've never seen, lovely, lovely. Ok, let's see.*

Sempre a Normandia. Curva para a direita, uma tabuleta aponta para o litoral. Estradinha de terra.

Mesma paisagem, mesmas vacas, mesmas choças. Aterrador. Setenta quilômetros de estradinhas de Auvergne.

Deixei a Cidade do Cabo para fazer duas horas de avião, três horas e meia de carro e ver Pontoise em preto e branco. Desperta-me, Transkei perigoso e selvagem. Crianças saem da escola. Há crianças em toda a parte. Isso me distrai um pouco. O torpor disfarçado por uma aparente serenidade não desaparece, porém. Digo-me que os últimos quilômetros serão *nice. Look! Look! The sea*. Na bruma, sob as nuvens escuras, vislumbramos o oceano Índico. É cinza sujo, o Índico visto daqui. *Here we are!* Três e meia da tarde. Chegamos à beira da foz de um *small river* que se lança no mar furibundo. Há uma duna de areia. Que gracinha! Tenho três dias. É um pequeno *lodge* ordinário. Disse três dias? Apenas um, a volta tomará o mesmo tempo. Não há motivo para ficar nervoso.

Tenho tempo e estou bem. *Lovely! Are you enjoying it, lucky man? Yes, I am!* Encurralado numa estradinha, impossível sair fora. Devo estar com um aspecto lamentável.

A francesinha devia estar apaixonada quando veio para cá. *Where are the big cliffs? Oh! Not here but in the north. It's very far! It's great, absolutely fantastic! I see*. Com efeito, não é aqui. A costa é praticamente achatada, com pedras negras, um céu negro, reflexos violetas sobre o mar cor do céu. Apenas pincéis hábeis traçam uma espuma fosforescente na tela escura. Não estou tão mal. Consigo achar isso bonito. Estou salvo, faço progressos. No restaurante em frente às ondas, engulo um pequeno lanche, bem pequeno, logo tirado pelas garçonetes xosas, sorridentes e indiferentes. Elas usam o bonezinho com aba das holandesas do século XIX. ...*E o vento levou* versão Transkei. *Where is Scarlett? I'm Rhett Butler!*

Eles organizaram tudo, me disse a francesinha! *What do you want to do? I don't know!* Passeio de canoa pelo rio? *Yes, why not?* É a dona da casa que me acompanha, ecologista ingênua, salvem a natureza! Deus é bom! Africana no fundo, mas branca. Deus não é negro. Ela insiste em me falar sobre a vida natural dali. Eu remo com energia.

Seus dois cães na frente vigiam os pássaros. Ela fala, fala, uma espécie de cólica verbal. Mal abre a boca, dentes trincados. Não articula nada, a coisa escoa, informe. Quando uma palavra chega a mim, tenho a impressão de ser poliglota.

Mostro uma energia frenética no remo sob o chuvisco, admirando o gavião-pescador no galho alto de uma canforeira. O "ataque gaulês" me aguarda, estarei pronto. Voltamos encharcados.

É um *lodge* para pescadores. São oito, dois dos quais mulheres. Ambiente casa de repouso. Não muito esportivos. Amanhã darei uma volta pela duna.

Fishing? Yes but... Do you have fishing rod? Ehh! Yes, but I don't know if it works.

Vocês não sabem se suas varas de pescar funcionam? Acuso claramente essa pequena temporada sob a chuva. O céu enlutado chora, é comovente.

O quarto é simples. Vou ler e escrever... Vou... scchh, está tudo bem. A tempestade traga o mar. A duna e os manguezais desaparecem na bruma oceânica. Os peixes pulam, os pescadores bebem. Ajantarado, simples, os pratos são retirados. *Vegetables?* Sumiu tudo! Já? Ehh, sim, *good night!* São nove horas. Avaro talvez não, mas mesquinho com certeza. Emprestam-me um caniço com um anzol enferrujado para amanhã. Pego, ou melhor, surrupio um pedaço de queijo na passagem, pois o *breakfast* é apenas às oito horas. Antes, é a reza, suponho. Quanto a mim, irei passear de canoa zombando do meu eu ilusório que tive de eliminar, uma vez que não sinto nenhuma raiva, nenhuma irritação. Morro tranquilamente. Sinto que parto, que me dissocio lentamente de mim mesmo. Volto para cama debaixo de um temporal. As ondas arrebentam ensurdecedoras. É a subida da maré! Amanhã talvez faça sol.

Talvez! Por que esse desejo súbito, esse não-distanciamento? Meu eu estaria de volta? Esquece, *go away*. Um chocolatezinho no travesseiro, como nos palácios.

Oh! Umas palavrinhas xerocadas. *What? A prayer: "Let us Love"* etc. Trata-se de Deus *of cou*rse. Só me faltava essa. Bom! Adiante.

Noite apocalíptica. A terra deve ter virado de cabeça para baixo, o mar cai sobre nós. De manhã, perplexo, observo a cortina de chuva. Ao longe, sempre na bruma oceânica, a duna misteriosa se entedia. Eu também.

Chove. A terra precisava disso, parece. Eu, não. O grande jardineiro faz seu trabalho. O dia começa intenso. Faço uma pergunta atrevida: Acha que vai durar? *Yes! Several days, I think!* Entendi! Dia no quarto, escrita, leitura de *O monge e o filósofo* e cortina de chuva! Papel molhado, roupas úmidas etc. Um motor de carro engasga atrás de um barraco. Eu corro, ajudo a empurrar o veículo todo enlameado. Grito: Para onde vai o senhor? Ele não ouve e some na lama das bostas do fim do mundo com um aceno de vitória para me agradecer.

Encharcado e remaquiado pela "terra d'África", volto-me para um louro alto. Para onde ele estava indo? Para East London, *why?*... Por quê? Porque quero zarpar daqui o mais rápido possível. Eu sonhava que ele me respondesse: tem razão, ninguém aguenta vadiar num buraco desses. Ele o teria dito num francês impecável, naturalmente. Mas ele sorria de felicidade e só falava africâner. Merda! Merda! Emoção negativa, diria o monge. Canso e repito merda. Meu eu está de volta, viva ele! Diante do meu desvario, a anfitriã sugere me levar. Há um avião, às três da tarde. Ela fará as compras do mês. *Thank you! I'm sorry! No, it's a pleasure.* Pago a nota ridícula. Nem mesquinho nem avaro, simples, só isso, e até generoso considerando o preço. Uma lição a mais. Julgamento *a posteriori.*

Novamente a Normandia, ainda mais normanda sob a chuva. Cacos de subúrbios nos morros, favelas esparsas, *townships.* Caio no sono. Sonho. Ela fala. O monge tem razão, meu eu sumiu. Encontro-o novamente em East London, cidade *black and white*, diante de um *fish and chips* do outro mundo. O aeroporto está deserto, silencioso.

O pequeno bimotor espera na pista como um enorme gafanhoto molhado. Volto para a Cidade do Cabo. *See you.* Só sinto saudade de uma coisa, da duna misteriosa de Wave Crest.

Um abraço.

B.

África do Sul, Johannesburgo
2 de maio de 1993

R.

Voei com meu filho para Johannesburgo. Preferia ter pego o trem. O cinema tem imperativos que a savana desconhece. A cidade está entregue ao medo. Carros, ônibus e casas são usados como barricadas. Atravessamos alguns quarteirões a toda pedindo para que nada aconteça. Provavelmente todos estimulam essa incessante insegurança por obscuras razões. Passei por cima de Johannesburgo, Roland. Embico com um velho Mercedes para as reservas do norte. Mais um dia de filmagem e desfrutarei de longas horas de sonho com meu filho. Este é um rápido cartão-postal. Concentro-me nele. Deixo você no banco de trás, lado esquerdo para sua cara torta. Iremos sulcar as grandes reservas sem reserva e acuar sossegadamente o animal selvagem. Os *lodges* são suntuosos, a comida, excelente. Você observa o elefante beber água à noite trincando sua costeleta de carneiro ou seu bife de gnu. Comi lagartas, vermes flácidos, supergordurosos, grelhados vivos como camarões com ervas e pimenta. Sem comentário. Os rugidos dos leões atravessam os mosquiteiros. Os guias estão de arma em punho. O batedor faz sinais. Seguimos os rastros de um rinoceronte.

Esses animais são de outra era. Vestem-se mal, uma grossa armadura de terra cinzenta com um capacete pontudo bastante procurado pelos contrabandistas. O chifre em pó vale uma fortuna. Os japoneses são loucos por suas virtudes afrodisíacas. Pergunto-me se não são os maiores predadores do planeta, em busca de espécies raras para suas crenças primitivas. Trata-se de dinheiro, talvez. Observamos com estupor três leoas lançando-se sobre um bebê girafa. O gracioso animal desmorona sob as garras e dentadas. Os filhotes não participam do festim. Patadas projetam os leõezinhos do círculo sangrento. Uma vez saciadas, as leoas autorizam a rapina.

A mãe girafa desapareceu. É encantador. Todo mundo está feliz no Land Rover. É bela a natureza. Assim funciona o mundo, cavalheiro.

Imagino sua cara observando os *big fives*. Quanto a mim, são as girafas que prefiro. São perturbadoras. Olham para nós com grande curiosidade. Você iria agradá-las.

O homem de perna de pau conta que foi um hipopótamo furioso que o atacou e devorou. Um hipopótamo tem o aspecto balofo, tudo bem, mas galopa no fundo da água como um cavalo na estepe mongol. O verdadeiro medo do mateiro é o búfalo. Ele nunca larga você.

A pele de um leopardo ondula na savana, um filhote de gnu vai morrer.

Cartão-postal das grandes cachoeiras: Zimbábue, Zambeze, Zâmbia, Victoria Falls, as últimas letras do alfabeto, os primeiros dias da Terra. É uma fabulosa cortina de espuma, ondas gigantescas que caem na grande falha. O trem de Agatha Christie sai do vapor d'água. O animal escuro serpenteia na exuberância. Levo-o até o Zambeze. A colina de água é perfeita. O *raft* é pequeno, vamos nos regalar. Um dia para compensar os primeiros muxoxos. O Zambeze está furioso. A volta de carrossel é perigosa, mas é uma felicidade louca, inumana. Há montanhas de água projetadas sobre as falésias. Gritos: "Todos à direita — todos à esquerda." O barco esposa a dança do rio. Para a margem — descida de rapel. "Então nos soltamos. Para a frente." Todos se agarram à linha da vida. O tobogã é infernal, irresistível. Meu filho exulta, você também. Um erro de equilíbrio, estamos na água. E os crocodilos? Estes só comem peixe! Ah é? Estranho, sinto-me um peixe. Havíamos todos ensaiado o possível incidente, lá na ribanceira. No caldeirão, a coisa muda de figura. Sem pânico, encontro no próximo *pool*, depois da curva. Há uma queda d'água, uma fossa inofensiva, ela esguicha, solte-se. Em seguida, nadem firme para a direita, cada um por si. Obrigado! Onde está meu filho? Em casa, diriam. Ele ri, me chama, sigo-o. É mais forte e talentoso que eu. É meu guia. É isso que me tranquiliza, vê-lo feliz e tranquilo, senhor de si.

Essa noite dormimos a duzentos metros acima do rio, numa curva no topo de um penhasco.

É o fim do fim da terra. Somos os únicos convidados. Nossos anfitriões são cor-de-rosa como holandeses. São africâneres, "imigrantes da África do Sul" após a queda do *apartheid*. Falam um inglês macarrônico, são diligentes, educados e deferentes a ponto de serem chatos. O lugar é indescritível. Há uma embriaguez, uma espécie de abuso estético, uma overdose de beleza. Ficamos ambos lado a lado, silenciosos. O primeiro que falar perde. A noite trocou tudo por um delicioso torpor e um sono de pedra. Voltamos amanhã.

Dei uma camisa e meus sapatos para o garçom. Em sua aldeia, ele tem um irmão que não se mexe, como você. Ele tem uma cadeira com rodas de bicicleta sem pneus. Do seu barraco, vai até a estrada e, quando está na estrada, atola, então permanece em frente à sua casa. Você, por sua vez, tem um Fórmula 1, um tanque de bateria e o ladrilhado de Saint-Jean.

Isso também é injustiça. O que eu digo não faz ninguém rir, calma. Nos dias de festa, ele é carregado nas costas de um homem. Fazem-no dançar em volta das fogueiras. Ele fica grudado nos ombros do carregador. Espera a ração, como você, sem se queixar, como você. Penso em nós.

B.

Diálogo

— *Conhece as Marquesas?*
— *Você já me perguntou isso. Está viajando.*
— *Sei muito bem, volto ao assunto.*
— *Estou pensando.*
— *Dê-me alguma coisa para beber.*
— *É um Marquês de Riscal.*
— *Como pode alguém não gostar de vinho?*
— *Não é o nosso caso.*
— *Não.*
— *Um cigarrinho e depois disso serei rei.*
— *Está bem!*

Nice, 15 de setembro de 1993
Filmagem de Fils préféré

R.

Ontem, domingo, escalei por você os penhascos da enseada. Você teve um pouco de dificuldade no último setor, na passagem do calombo. No abrigo, sentei-o encostado na rocha. Acendi um cigarro para você e você contemplou o mar tossindo. Havia um passarinho engraçado a se perguntar o que faziam aqueles dois cretinos agarrados no calcário, quando lhe bastava soltar-se nos ascendentes. Às vezes, ele adernava a asa, arremetia para o mar e subia sem esforço pela mesma corrente de ar para vir nos ver. Você teve vontade de segui-lo.

Estou num trailer, espero aprontarem o próximo plano. Gosto de ouvir Nicole Garcia dizer "MOTOR", depois o engenheiro de som repetir "RODANDO". O homem da claquete berra o número do plano, o operador sussurra "FOCAR", e Nicole, concentrada, atenta, amorosa, diz: "AÇÃO".

Anoitece. Nice está um pouco fria. Meu velho cúmplice Lanvin conta histórias. Katleen Ferrier canta Bach: *Have mercy my lord* — a *Paixão segundo são Mateus*. Penso no filme extravagante que escrevi. O que acha de *Voyage à la Sénégambie* ou de *Les caprices d'un fleuve*?

Daqui a dez dias estarei nos Andes. Sinto uma alegria de criança ao imaginar essa expedição. Treino com seriedade. Quero estar acima da minha condição normal. Todas às noites após a filmagem, subo os dez andares do hotel com um saco de pedras nas costas. Desço pelo elevador, subo pelas escadas e assim por diante. O recepcionista está deslumbrado, conta dez, vinte, cinquenta, acompanhando a forma e as noites. Transpiro abundantemente, pareço um louco. Os clientes se divertem. Faço uma média de seiscentos metros em altitude. Isso não acende nada na cabeça, claro, um baita exagero.

Você, enquanto isso, fuma, corro por você, está tudo no lugar.

Alguém me disse: você está com um medo louco da felicidade!

Não foi mole não.

A felicidade, que trabalheira!

B.

Nice, 24 de setembro de 1993

R.
Parto em breve para a Patagônia. Prepare-se!
Você está tossindo muito, estava inaudível ao telefone. Sempre que me ausento um pouco além da conta, você pega uma bronquite. Faz isso de propósito, cubra-se. Um cachecol em volta da cara à guisa de flâmula e um colete de pele, isso não é suficiente. Você não é Rambo, não se viu no espelho? Você põe um suéter de lã e rema na galera de rodas. E me diz sempre: estou gripado, só isso. Isso ainda me fará rir. É sempre "só isso" com você, como uma piada, só que não gostamos muito disso, eu e você, de imergir na piada, seus pulmões tampouco. Então você vai me expelir esse líquido anedótico e não esquecer o essencial: cuidar-se.
Não vou falar do cigarro, você poderia ficar nervoso.
Mas não, falemos disso. Eu sei, sou um chato. Fume, meu velho Roland, se isso o consola!
Em todo caso, não me esqueço do seu plano de parar de fumar durante minha expedição à Patagônia. Levo a caixinha preta com seus Gauloises e seu isqueiro. Vai pesar um pouco na mochila, mas prefiro assim. A nicotina enrolada ficará melhor entre a estação Argos e o cobertor

de sobrevivência que nos seus pulmões, quinze dias de bônus. Recupere-se rápido, voltarei com uma garrafa de Bordeaux. É muito eficaz contra os acessos de anedota.

Ontem à noite, alguém me perguntou por que eu não parava quieto. Respondi que, se parasse, perderia o equilíbrio. Um companheiro guia *chamoniard* que andava muito rápido dizia a seus clientes: se eu diminuir, caio!

Isso o faz rir? Um pouco? Seja condescendente com as minhas deficiências!

Um abraço.

B.

Bariloche, 2 de novembro de 1991

R.

Escalamos penhascos de gelo, transpusemos montanhas porosas, ravinas de musgo. Atravessamos florestas de bambus consideradas impenetráveis e descemos rios que não eram impassíveis. As águas estavam obstruídas por lenhas mortas, cepos, como casas desmoronadas. Houve o pampa, o lago furioso com uma onda inesperada. Havia um monstro em profundo rastejar. Da noite à luz, do extremo calor do zênite ao coração gelado da cordilheira, caminhamos à nossa procura sem nos encontrar, provavelmente. Tudo terminou na felicidade do esgotamento. Após dois dias de um sono de pedra em Bariloche, a boca aberta, babando no canto dos lábios, mais que decidido a não voltar, evado-me do companheirismo esportivo para transpor a parede dos Andes com meu irmão. O carro ofega até o despenhadeiro. Estou feliz. Vou ver o Chile, a terra de Neruda, de Coloane, vou a Chiloé e Puerto Montt.

Sei que será apenas um esboço, com o gosto áspero deixado por um esboço. Em Puerto Montt, é forte a tentação de mudar de barco, pegar o que levou Francisco Coloane às ilhas Chauquis ou aquele que desceu para Punta Arenas e as Magalhães no rastro ainda fresco dos alakalufs. É preciso voltar ao mar, como dizia seu pai antes de morrer. É preciso sempre voltar ao mar, até o fim, até o último embarque.

Depois de Valdivia, a cidade do conquistador espanhol, após a longa planície que bordeja o vulcão Osorno, vislumbro Puerto Montt e, mais além, a ilha de Chiloé. Coloane hoje diz que talvez tenha viajado muito. E que a Terra de Fogo de sua infância continua a ser o que ele conheceu de mais misterioso.

Para mim, é o pântano *poitevin* entre o canal du Curé e o dos Holandeses. No fim das eclusas, a baía de l'Aiguillon. Você sorri. No entanto apenas os nativos do pântano seco, os caçadores perspicazes e os ornitólogos arriscam-se em seus braços. A baía é uma pia aluvionária na qual um intestino complexo regulado pela lua dejeta na maré baixa as águas e as vazas de um continente artificial.

O resultado é um espelho de barro no poente, capaz de engolir homens e carcaças de barcos. É um caos eterno, inacessível. É o território dos pássaros. Passei luas cheias a observá-los voando nos farrapos do céu. Conto-lhe isso porque há um pouco dessa Patagônia de Coloane onde estou. Ele fala dela como eu gostaria de lhe falar da terra da minha infância.

Se não há grandes baleias brancas, há os globicéfalos. Segui-os durante horas na minha barcaça. Eles se divertem com as correntes, mergulham em orbes perfeitos sem remoinhos, sem nunca encostar em você. Fazem-nos companhia. Esses enormes delfins dançam com o mar sem nunca violá-lo, com carícias de água no focinho das crias. Têm a graça das ondinas. Já viu ondinas? Eu também! Há grandes tartarugas que apenas a paciência autoriza a presumir. Os dois estreitos entre as ilhas são nossas Galápagos até que o homem, um dia...

    Em Chiloé, o céu é uma paleta soprada, um óleo grosseiro incessantemente retrabalhado. Há sobre uma ilha, em frente, árvores torturadas como chifres de cervos, um cemitério de cervídeos, de que resta apenas a madeira. Às vezes as ondas rebentam a sotavento trazendo atrás delas um rabo de cometa de espuma. Falo de Coloane para falar de Conrad, de Melville, que ele ama. É para lhe dizer que procuramos semelhanças, uma cumplicidade, e que para mim basta que esse homem seja feliz com uma ponta de cordame, uma âncora, uma velha bússola. Eu deveria ter sido marinheiro a vida inteira. Sou um marinheiro-ator.
    Por ora, navegamos na garoa sobre uma terra alagada. Não há mais vestígios. Mostre-me seu país, Coloane! Conte-me histórias do mar, das Magalhães e da Terra do Fogo.
    Não me canso de admirar os pescadores curvados sobre os cascos coloridos. Há dois que riem, emaranhados nas redes. Tragam guimbas apagadas, as cinzas no colo. O vento faz as flâmulas estalarem. A onda lambe o cais e fustiga a madeira. Ela quer sua flotilha.
    O hotel é velhusco, sem conforto. Há um largo sorriso acima do balcão. Os dois olhos pretos nos seguem até a rua. O restaurante está vazio. Sopa de mexilhão e peixe. Há um bar numa ruazinha perto do porto. Fica a dois

passos. O recinto é minúsculo, com guirlandas de luzes lívidas. Uma lâmpada em duas. Sentadas em cadeiras, mulheres gordas já nos devoram. São duas putas baratas, pelancudas e bem feias. Feias de arrepiar. Estou com frio, volto. Espero o amanhecer. A manhã é clara, com resíduos de cerração sobre os morros. É preciso voltar ao mar.

B.

Paris, 18 de novembro de 1993

R.
Sou um marinheiro *full-time*, habituado às escalas rápidas, bêbado de uma liberdade indomável. Estou de volta dos Andes do Sul.
Expulso o inverno da cidade atravancada pelo tumulto. Ofereço-lhe a primavera do mundo, a da Patagônia, da ilha de Chiloé, a da Índia do Norte, do Sanzkar, da Mongólia exterior. Ofereço-lhe a primavera a ser pintada por nós mesmos, como nos aprouver. Aqui estou eu na cidade, coloquei minha caneta azul em algum lugar ao chegar em casa, entre a geladeira e a sapateira. Não gosto dos regressos. Colido com o vazio. Perco o equilíbrio. Não gosto de reatar com a rotina. Então, parto novamente, imóvel, com um objeto, um livro, uma fotografia. Parto novamente para o azul-escuro dos lagos andinos, as bordas orladas de espuma branca, os *rios* engrossados pelo derretimento da neve, em fuga rumo ao pampa seco. Há faixas de luz viva desenroladas em torno dos vulcões de gelo, rugidos de *seracs*, eflúvios de vento nascidos das profundezas da terra. Lá não tive tempo de lhe escrever que há uma imensa lua sobre os Andes chilenos que se deita preguiçosamente por entre duas cristas

de neve recente. Você se volta, um tanto ofegante, para o lado argentino e é o sol que nasce. Magia patagã. Há cavalos selvagens, burros, pumas que uivam para a noite à sua passagem.

Lá, nada se escreve. A eternidade apaga o cotidiano. A história dos homens é tragada pela turfa e no entanto, à noite, a vida parece plena e ativa. A fogueira do seu acampamento fala mais que a rádio de Buenos Aires. O sol mata as sombras da planície.

Os cavalos bebem a água gelada do rio de la Muerte. Você será levado para a poeira, para o topo da pedra escura, instável, do Cerro-Torrez. Irão carregá-lo até a *estancia* miserável do *señor* Juan! Ele é tão velho que só monta seu cavalo ruço aos domingos, com sua faca de gaúcho no cinturão bordado e seu chapéu já grande demais para sua cabeça de futuro morto. Mas Juan sorri, com um dente e um olho fechado. Briga de juventude por uma mulher de passagem. Ninguém fica aqui, a não ser o *señor* Juan. E ele ri contente, acariciando sua mão com uma palma calejada que arranha você que nem madeira velha.

Você faz parte da viagem. Ele fincou sua cadeira perto das brasas. Empalou, para você, um carneiro numa cruz de ferro. O *asado* do dia. A gordura pinga sobre o dorso até a brasa de uma lenha secular. Ele recolheu as raízes na beira do rio. É uma lenha torturada e nodosa que estala como a nossa castanha. Às vezes encontramos algumas, emaranhadas há longos invernos. São grandes esculturas enfiadas na praia. Nelas é possível enxergar bois selvagens, serpentes, unicórnios, ou uma criança monstruosa.

Nada se mexe por aqui, a não ser o condor mítico planando acima das carcaças. Sentado na pedra, você pode observá-lo horas brincando com o vento e as correntes ascendentes. Há milênios, o homem inveja o pássaro. Gostaria de voar como ele. Ele termina por conseguir, esse cabeçudo, com um grande velame acima da cabeça.

Roland, coma a laranja que Juan descascou. Ele lhe dá os gomos entre seus dedos de terra. Está tão quente o dia que você beberia a água desse rio sem prestar atenção naqueles cadáveres um pouco mais acima na montante. A laranja de suco quente irá salvá-lo de uma barriga dilatada antes da agonia final.

Às vezes há riscos em viajar na ignorância. Trataremos de evitar este rio, a ignorância. Ele serpenteia por toda parte, possui mil afluentes cujas cheias são devastadoras. É o rio das doenças, das guerras, das fomes, que encontra por duas vezes o rio intolerável, tão lamacento quanto ele. Há povos inteiros que se banham ali, se purificam e se benzem com suas águas.

Nós temos outros caminhos e outros encontros. Vou me livrar do *jet-lag* e estou chegando.

Um abraço.

B.

Marselha, 12 de dezembro de 1993

R.
Estou no Sul para uma pequena viagem aos alcantilados, uma viagem pelo medo e pelo prazer. O calcário é macio e quente. A escalada está ao meu alcance. Faço pequenos progressos. Domingo passei por Toulon e pela península de Saint-Mandrier, para ver, só para ver. Nada mudou. Dessa vez permaneci sob a grande arcada da entrada com o destacamento de guarda. Em frente, ao abrigo do mar batido, a marina encerra uma água bem-comportada à espera da chegada das barcaças. Há também as antigas barcaças cinzentas de madeira, a dos oficiais e as dos marujos. Continuam a fazer o percurso entre Saint-Mandrier e Toulon. A escola dos maquinistas da frota é um antigo hospital especializado em doenças coloniais. É imponente, severo como um grande almirante. As embarcações entreolham-se por cima do pátio principal e dos pinheiros marítimos. Entediam-se. Até nos dias de mistral, o vento não tem senão as árvores para se divertir. O lugar é bonito. Parece que aqui estamos sempre a distância, longe do bulício. Os alunos tinham entre quinze e dezessete anos. Eram Pupilos da Nação* ou fi-

---

* Na França, os Pupilos da Nação são órfãos sob a custódia do Estado, em geral filhos de pais que "morreram pela pátria". (*N. do T.*)

lhos de militar. Havia alguns outros igualmente perdidos. De macacões azuis, encontrávamos cameroneses, malgaxes, senegaleses um pouco mais velhos. Tive alguns amigos entre eles. Para entrar na escola de maquinistas é preciso passar por um exame sucinto. Não era a escola naval. Bastava saber ler e escrever e ser um pouco dotado para mecânica. Para alguns, entre eles eu, quinze anos ainda não era a idade do homem. Ao ingressar ali, era preciso deixar a infância e a adolescência no armário sem esperança de reencontrá-las. Os veteranos se encarregariam disso. Nesse domingo não houve nostalgia, apenas algumas lufadas. Eu me lembrava daquelas noites estranhas na escola dos grumetes. Às vezes desconfio da minha memória. Esteja você a bombordo ou a estibordo, você dorme no mesmo barco. A escola dos maquinistas era como um navio. Os dormitórios, como os de todos os internatos, pareciam cabines. Mais tarde, o dos maquinistas, a bordo do *Jeanne d'Arc*, seria um dormitório a mais. Marujo, continuas um interno.

Internatos de meninos, internatos de homens, internatos de machos sem fêmeas, nunca. É terrível um universo sem mulher. É terrível como o imaginário deforma, como pode sublimar ou destruir. Na escola você tem quinze anos, você é apenas parte de um quebra-cabeça. Não são as mesmas peças para todo mundo, as que sobram são um sonho a ser montado. Quanto a mim, faltavam-me aquelas do amor e das garotas. Eu só dispunha dos mexericos de dormitório. Antes de dormir, escutava as façanhas dos heróis do sexo, dos marujos garanhões. Isso é claro que não ajudou o grumete a ganhar confiança. Ainda estávamos na idade da punheta e nossas fantasias eram na medida do nosso imaginário. Ao meu faltava envergadura. Minhas aulas consistiam em escutar as peripécias dominicais dos veteranos. Só saíamos aos domingos e só havia os domingos para os heróis héteros. Para os demais, era mais fácil, mais perigoso também. As práticas homossexuais eram rigorosamente punidas pelo código militar. Eles, por sua vez, evitavam divulgar suas proezas. A nós, machos de fêmeas, restava nos distrair com as trombetas de Eros, os clarins do amor. Havia as acumulações de sêmen da primavera. No pátio principal, os brotos dos plátanos explodiam. A luz era suave, acariciante. A punhetinha da tarde, como muitas outras, provocava sonolência. O dia terminava em torpor. A eterna fila de espera para a refeição da noite com a bandeja e a caneca de ferro dissuadiu-me definitivamente de qualquer veleidade de me masturbar em qualquer lugar que fosse. Inalavam-se os cheiros, sempre os mesmos, das cozinhas de campanha. Alguma coisa indefinível entre o caldo gorduroso e esfregão sujo, a cerveja e um misto de zurrapa com desinfetante. Isso só chegava perto do domingo e da solidão melancólica dos homens-crianças. As histórias em fragmentos perdiam-se em murmúrios. Em seguida, havia o cigarro "militar" aceso sob a galeria, oferecido pelo Estado. Reconhecíamo-nos nos grupos, chtimis, corsos, mocos, bretões. Ao apagar das luzes, esmagávamos virilmente as guimbas para nos dirigirmos para os guarda-pós.

Sabíamos que, desaparecida a última nota do clarim, haveria um silêncio anunciando as três batidas, que proporia aos mais ousados relatar suas depravações do dia.

Eu era desesperadamente ingênuo, reconheço, ingênuo e profundamente ignorante. Não se falava dessas coisas em casa. Parecia-me que a vergonha pairava sobre o sexo. Os olhos arregalados na expectativa, eu fitava o cobertor cinza que pendia da cama superior.

Fanfan era alto para sua idade, bem forte, com mãos de mulher, um nariz torto, uma voz de homem maduro e um sotaque do Sul impossível. Ele nos falava de Mariette, a mulher de um sargentinho do arsenal. Bastava informar-se sobre os dias de serviço do sujeito para ir visitar sua dama.

— Esta tarde, ao erguê-la, preguei-a como uma borboleta na parede. Ela batia as asas. Gritava. Eu a esbofeteava. Quando eu queria parar, ela berrava: Continue, só você me faz bem.

Pasmo sob a coberta grossa, eu tentava, o coração disparado, compreender como ela podia fazer a borboleta contra a parede com um cara lhe enfiando para frente e para trás.

— Ela não sabia mais seu próprio nome. Trepava nas cortinas. Venha sobre o eixo da alegria, vou fazê-la girar como um helicóptero e você vai decolar.

Eu imaginava o voo da garota rente às vigas. Eu me encolhia todo em minha impotência. Não via como rivalizar com Fanfan. Ele gabava o trabalho até o esgotamento do vocabulário.

— Cozinhei ela viva, ela mijava como uma cadela. Para castigá-la, arrastei-a pelo terraço com uma garrafa de cerveja no cu. Ela mordia um pano velho de tanto gozar.

— Por que ela mordia um pano velho?
— Por discrição, pelos vizinhos, Dugenou.
— Que caralho!
— Quando parti, ela ainda se agarrava aos meus colhões. Quase perdi a última barcaça. Na porta do arsenal, cheguei a cumprimentar o sargentinho. Olá, chefe, foi o que eu disse! Belo domingo! Ao chegar na marina, eu ainda estava de pau duro.

Muitas risadas e palavrões saudavam o relatório de Fanfan. Quanto a mim, estava esgotado.

Às vezes a ronda da noite e a partida do destacamento de guarda estragavam o prazer solitário de alguns. Repetiam-se as mesmas histórias e só havia eu para acreditar. Enquanto os indiferentes cochilavam e outros sonhavam, meus pesadelos começavam. Garotas vinham suplicar-me para fazer o helicóptero ou a toupeira cossaca. Eu acordava com um giz na boca e uma pedra no estômago. Minha vida amorosa anunciava-se difícil.

Alguns meses mais tarde, eu crescera pouco. Dera-me conta de que nos chuveiros, apesar das diferenças, nenhum asno monstruoso, nenhum centauro era capaz de erguer montanhas com o pau. Ficara sabendo que Fanfan, aos domingos, ia encontrar comportadamente sua família para os lados de Bandol. Ele conhecia lá uma pequena Mariette de 16 anos que trabalhava na padaria e que, juro por todas as putas que conheci, não sabia fazer a borboleta. A refeição do meio-dia era à base de alho e azeite. Ela se eternizava sob o alpendre de bambu. Havia o olhar enternecido de sua mãe, a sonolência do velho e o sorriso tímido de Mariette, ainda virgem, que já sonhava ser mulher de um marinheiro da Royale. Ela acariciava o pompom vermelho do quepe de forro branco sonhando com a felicidade de seus filhos.

Até essa escala em Wellington, eu não parara de recuar diante do amor e do desejo. Precisei dessa mulher redentora para renascer.

Eu tinha vindo apenas escalar os alcantilados.

B.

Diálogo

— *Eu gostaria de acariciar a madrepérola quente e luminosa com a minha testa.*

— *Já eu gostaria de fazer rolar pérolas negras por entre os peitos das garotas.*

— *Eu poderia ver?*

— *Claro! As mestiças são lindas, chinesas e maoris. Importaram mão-de-obra chinesa no século XVIII para as plantações de cana-de-açúcar e algodão. As fragatas que os levavam de Cancun eram armadas como navios-negreiros. Compravam também escravos aos reizotes dos arquipélagos vizinhos.*

— *Por que está me contando isso?*

— *Porque é verdade. O paraíso dos antropófagos não é uma terra para popaas com a doença do exotismo.*

— *Fiu! Repito: fiu — lido no computador no léxico para turistas. Fiu — suspiro, lassidão. Você me cansa! Faça-me sonhar!*

— *Trouxeram a lepra, a sífilis e a tuberculose. Eram vinte mil em 1840. Restavam dois mil em 1926 e eles continuavam a sorrir.*

— *Tenho o endereço de um padre em Hiva Oa.*

— *Você sabe que os ilhéus ofereciam suas mulheres e filhas aos viajantes? A luz não ilumina as formas, as cores, as montanhas, os corpos de âmbar, dizia Chadourne, ela os beatifica.*

Toulouse, 8 de janeiro de 1994

R.

E foi dada a largada da turnê.

Uma série de cinquenta apresentações de *L'Aide mémoire* através da França.

Toulouse é uma esponja cor-de-rosa estufada de água. Chove. Visitei o claustro dos Jacobinos e a igreja Saint-Sernin.

Esta manhã, uma gentil mulherzinha entra no meu quarto para fazer a faxina com sua história no rosto. Vá decifrar um rosto asiático! Ela me sorri, se agita, se ocupa e me assoma com palavras: um caos de francês *à la* vietnamita. É meiga e sofrida. Me conhece bem, me viu várias vezes na televisão. Ela e a filha gostam muito de mim. Enfim, é o que julgo compreender. Ela não para de falar de mim. Eu gostaria de falar dela. Não, não, sua vida não é interessante, mas a minha é. Ela a julga bela, admirável até. Teimo e contra-ataco: e você? Ela recolhe um balde, volta com toalhas limpas e desaparece no banheiro. Espero. Ela fala. Tenho que prestar atenção. Desde 1982, seu francês não fez nenhum progresso. Você capta no ar e na confusão que ela fala inglês, que era professora de matemática numa escola em Saigon. Seu marido era capitãopiloto no Exército. Por motivos políticos, ei-los obrigados a fugir de seu país. O formoso capitão — ela não me disse que era formoso, mas prefiro que seja — dá um jeito de embarcar a mulher grávida e a filha num avião para os States. Ela dá à luz na pista, ou quase, antes de partir. O avião decola sem a mulherzinha. O oficial é preso. Ela espera cinco anos. Ele morre sem revê-la numa prisão do Norte. Convém partir. Mas a liberdade é cara — 16 mil francos mais trezentos gramas de ouro para uma travessia de bote para a Malásia com o filho e a filha. Cento e cinquenta pessoas num barco de pesca com cinco homens na tripulação. Ele faz água. Todo mundo ajuda a escoar. Mortes, pulos na água, o espaço aumenta. Finalmente, a costa. Naufragam na praia na falta de quebra-mar. Ela está viva, seus filhos também. Mazelas administrativas e súplicas ao consulado. A França diz sim.

A mulherzinha continua a sorrir, um pouco constrangida. Estou contente de fazer faxina aqui. Gostei muito de *Passion d'amour*.

Quanto a mim, continuo com o rabo na cadeira esperando que uma descarga elétrica venha me salvar de um torpor mortífero.

Ela partiu como chegou, com seu jardim pisoteado.

Bom dia, senhor!

Observei longamente a esponja cor-de-rosa estufada de água e aquela enorme goteira no canto do teto.

Penso em você. Um abraço.

B.

Saint-Etienne, 18 de janeiro de 1994
Turnê de L'Aide mémoire

R.

A turnê é alegre. As salas cheias compensam.

Há um perfume indefinível nas coxias dos teatros que descobri com estranho deleite. É uma mistura de maquiagem, poeira e pintura descascada. Há bolores indiscerníveis que vêm de baixo, um cheiro de sebo, de vela fria, de madeira velha.

A luz do dia nunca chega nas coxias nem sobe ao palco.

Quando chegamos para ver o palco, há sempre um claro-escuro procurando disfarçar uma mísera lâmpada elétrica pendurada na abóbada. Às vezes, ela está sobre um pé de madeira no meio do palco. Foi apelidada de escrava. Eu a chamo de lívida.

Há um fascínio, um encanto irresistível. Ela espera! Espera as pessoas, o burburinho, as risadas, a claque, a súbita iluminação.

Avignon entediava-se na outra noite, no inverno. Até o mistral viera ao teatro.

Há teatros em que uma flor o espera em seu camarim. Outros, em que se esqueceram dos camarins. Há teatros que amam o teatro. Há saguões de estações ferroviárias transformados em teatros onde nunca há um trem no qual embarcar. Há teatros onde sempre faz frio, e outros que são casulos. Há teatros-ônibus, teatros de cimento. Há o teatro-entulho e os cassinos-teatros onde jogos e encenações se confundem. O palco é dos crupiês, os atores se aventuram.

Há sempre uma rua do teatro, um café do teatro, loucos pelo teatro. O programa nem sempre é bom! Os barcos estão ancorados no coração das cidades ou nos subúrbios inacessíveis. Às vezes há, sobre a lepra dos muros, cartazes com nomes esquecidos.

— O que procura, senhor?

— O teatro!

— O senhor também! Adoro o burburinho, os murmúrios, a penumbra gradativa e o silêncio que impacienta. Gosto do pano abrindo-se lentamente, muito lentamente, como um vestido. Gosto da luz e dos atores, enfim. Tudo é falso, mas eu acredito.

— Sabia que não muito tempo atrás surrávamos os traidores e xingávamos os janotinhas?

— Apenas os atores são verdadeiros. Entretanto eles representam, e, quanto melhor representam, mais verdadeiros. Nosso cotidiano é representado apenas por maus atores.

— Teatro se vive. É ato do momento, efêmero e derrisório. Teorizar o teatro é uma coisa que sempre me entedia. Eu não disse aterrorizar.

Roland, vou representar um pouco mais e retorno.

B.

TGV Lyon-Paris, 4 de fevereiro de 1994

R.

O Ródano é escuro, ladeado pela neve. O dia está prestes a nascer. Estou entre Lyon e Paris. O TGV joga Tenho um pouco de dificuldade para escrever. As apresentações em Saint-Etienne foram ótimas. Isso compensava a tristeza da cidade sob a neve suja. Enfim, trabalhei bastante em cima do meu roteiro enquanto estava lá. Estou louco para ver meus filhos. Não tenho sono apesar da hora. Isso me dá tempo de lhe escrever algumas inépcias. É verdade que está bonita esta manhã azul polvilhada pelas luzes da cidade. Utrillo pintou a neve entre os trilhos e as pequenas aldeias do Lyonnais. Alguns néons besuntam de fluorescência os vãos entre os telhados. Amanhece. O campo é como uma página de Gógol ou de Tolstói. É uma imagem em *scope*, uma tela gigante. Uma neblina cor-de-rosa e branca vela a orla das florestas. O aquarelista tem talento. É isso que é preciso filmar. A hora em que a magia absorve a realidade. Um livro ilustrado com histórias para crianças.

O ano de 1993, o das treze luas, está morto e bem morto, viva 1994. Esperemos que a leveza e a fantasia não nos abandonem. Decididamente, esse trem deve estar fora dos trilhos. Perdoe esta desordem de signos sobre o papel. Vou pegar um café no bar e volto.

Incrível, meu velho Roland, mas o cabaré Michou abastece com *barmaids* o serviço de restaurantes da SNCF. Um tremendo travesti com uma boca em forma de coração pintada de rosa-bebê sorriu para mim, tinha dentes de vampiro, uma saia de couro preto envolvia suas nádegas como uma tampa. Há espetáculo na SNCF. O fiscal poderia ter atuado num filme de Jacques Tati. Tinha o quepe levantado sobre a testa e a boca abandonada no queixo. Perfurou minha passagem com a *nonchalance* de Robert Mitchum. Mas, como era um filme de Jacques Tati, a cara dele era a de um fiscal da SNCF.

Uma gueixa suburbana observava a planície branca com uma infinita tristeza. Seu rímel escorria sob uma lágrima escapada, emoção provavelmente. Que belo filme!

O dia nasceu e é realmente uma pena. Está cinza sujo... Imagine um lápis ruim que uma borracha ruim tentasse apagar. Paciência, não tenho borracha nova para dar um jeito nisso. As fumaças se espreguiçam, hesitam em sair das chaminés. Está feio do lado de fora e faz frio.

O café era bom, o trem, confortável. Você, que ama as viagens, levei-o no Paris-Lyon, não muito alegre, desculpe. Faremos melhor mais tarde, entre a Terra e Plutão. Não sei se é muito mais alegre! Ficaríamos entediados sem os idiotas, os automóveis, a comilança e a zurrapa! No espaço, seu tanque seria mais dirigível — você seria o Ben-Hur do éter e eu o novo Jedi. Eles nos enfiariam num videogame e, pelo menos, divertiríamos a criançada.

Transposta a neve, surgem as culturas. Ilhotas de árvores alojam-se no meio das plantações e os postes elétricos entediam-se, segurando seus fios com muita seriedade, todos empertigados, mas percebemos claramente que gostariam de se abaixar para ver melhor os coelhos passarem por entre suas pernas. As pontes fazem o *grand écart* e as estradas são deixadas para trás. O trem foge. Com o nariz que tem o TGV, diríamos que fareja o trem precedente. Não ouso sequer reler esta mixórdia de colegial. Um abraço.

Até breve.

Estou de partida para a África para escolher as locações de *Caprices d'un fleuve*.

B.

Casamança, 8 de março de 1994

R.

Tenho apenas uma foto estourada para lhe oferecer, tirada por um olhar furtivo, após alguns dias de ofuscamento solar sobre as pistas de terra branca poeirentas entre os manguezais sedentos.

Soube com surpresa que há neve, vento e geada em Paris-sur-Seine. Espero que você não se aproveite desse frio para se enfiar na cama com uma nova gripe. Antes que tenha recebido esta carta, estarei de volta. A lerdeza africana, arte consumada neste continente, não permite ao correio mudar as tradições. Será então um tempo lento e longo até me ler.

Sobre a mesa do café-da-manhã há um pássaro de cabeça preta, penacho amarelo, asas azuis e cauda vermelha, que termina um pão com passas. Ele faz a lei e não deixa nenhuma outra ave aproximar-se de sua refeição. É a guerra das migalhas.

Os arrozais estão verdejantes para os lados de Diembering. Há uma mina de água cristalina brotando de uma moita de espinheiros. Os manguezais entediam-se com a marola seguinte. Há madeira petrificada na praia grande. O oceano come a savana. Um delfim naufragou, uma pele de ardósia ao sol. Uma piroga quebrada assoreada. Vacas disformes pastam a espuma, seus cascos quentes sob a onda. Há um pântano entre os braços de mar. As ilhotas têm topetes de palmeiras. As poupas fazem seus ninhos sobre os sambaquis. Aqui há uma mosca que mata os cavalos. Não poderei filmar. Na direção de M'Lomp, a floresta de sumaúmas abriga os espíritos. As raízes são braços. Os sábios dormem ali depois do conselho. As crianças não têm medo. Um tronco é abatido a machadadas, vai virar piroga de rio. Perto da cabana dos amuletos, uma galinha é sangrada. O padre espanhol fala diola e brinca com os velhos, e até mesmo com seus deuses. Não desistiu do animismo. É engraçado e esperto. Sua facúndia alegra. É um Diola branco. Encoraja, organiza as festas, a escola, a agricultura, o artesanato. Sulca esse canto de Casamança com uma energia indestrutível. Não emagrece. Isso o desola. Seu coração se desgasta.

Um mágico veio da França. Faz aparecer e desaparecer notas de cinco mil. Todos querem tê-lo como sócio. Ele jura que não é feiticeiro e que a nota de cinco mil é sempre a mesma. Ninguém acredita nele.

Eis uma história de rei e rainha, Roland.

No início do século, o rei de Oussouye, desobediente, foi preso pelas autoridades francesas. As leis de seu grupo proibiam-lhe comer na frente de estrangeiros. Morreu de fome. Por obscuras razões, seu corpo foi preservado para o Museu do Homem, em Paris, onde é possível ver seu esqueleto. Aqui, em Oussouye, reivindicam os ossos do grande rei, mas em vão.

Nos anos 1930, a rainha de Kabrousse, Aline Sitoé Diatta, ouviu vozes e teve visões, como a nossa Joana. Encorajou seu povo a lutar contra os colonos franceses. Foi presa e morreu de escorbuto em Tombuctu após dez anos de cativeiro.

Deixo à sua apreciação esses dois fatos edificantes.

Subo o rio Casamança até a nascente. Cumpro a missão de entregar uma carta a um velho padre. Ele é o único num antigo leprosário sem eletricidade, sem água. As galinhas vivem na cozinha, os pintinhos ciscam as migalhas na mesa. Quando anoitece, ele vai para a cama. Fico na beira do rio, os morcegos me azucrinam e ricocheteiam na noite. Volto a pensar na conversinha que tivemos. Falávamos das mulheres. Assunto inesgotável e misterioso para você, para mim também por sinal, definitivamente. Você me pediu para descrever aquela que amei, que amo e que amarei. Eu estava superconstrangido. Talvez esta noite o rio liso como uma garota me dê vontade de responder. É uma página para nós, para mim. Duras escrevia a história daquela mulher à procura do marinheiro de Gibraltar, eu sou esse marinheiro à procura dessa mulher. Ela escapa sempre. Nunca se desenha plenamente. É uma fita que se desata sem descanso, um tecido de seda ou cetim que nunca fica nos ombros, escorregando inexoravelmente. Para isso será preciso consultar um pajé do Níger, um marabuto do Benim ou, pior ainda, um terapeuta lacaniano?

Um abraço.

B.

Tambacounda, no leste do Senegal
12 de março de 1994

Não acreditemos sempre na beleza das coisas e na bondade dos homens, meu velho Roland.

A África que eu amo não escapa à ganância e à estupidez. Ela desenvolve, anarquicamente, mas com consciência, uma corrupção culpada. Há como em toda parte do mundo uma malta de parasitas africanos sugando seu país por todos os buracos. Resta apenas a concha e eles a esmagarão no pilão para fazerem cimento. Não somos os únicos detentores, ao lado dos Bálcãs, da palma das atrocidades. Nós nos equivalemos, monsenhor. A África tem, como os outros, seus ministros gotejando o suor dos outros, surdos aos gemidos dos outros, de olho nos privilégios dos outros mais privilegiados que eles. Retorno à choça de partida. Que dizem Hampaté-Ba e Tierno Bokar em seu túmulo? Os reis negros estão de volta. Resultado das corridas para os empregos na corte: os soldados do rei que não recebem salário, ou um ridículo, compensam no povo já sem dinheiro. Nada muda, monsenhor, como pode ver.

Somos parados por dois tiras. Dois como aqueles que subornam legalmente os "ônibus expressos" do lado de Rusfique e de Thies.

Enfio uma nota de mil na carteira de motorista ou não? Merda!

— Peço-lhe a gentileza de mostrar os documentos do veículo, bem como sua habilitação e seu passaporte. O senhor cometeu uma infração.

— E essa agora! (Não há cédula nos papéis.) Cometi uma infração?

— Linha branca intransponível, atravessada pelo senhor.

— Não há linha branca, seu guarda.

— Sou policial.

— Ela está apagada, senhor policial.

— Sim, mas o senhor devia saber que ela existe. O senhor ganhou uma multa, vou preencher o talonário.

— Não atravessei a linha, uma vez que ela não existe.

— Sim, o senhor ultrapassou uma bicicleta e atravessou a linha, não é porque uma coisa é invisível que ela não existe.

Nesse último ponto, eu teria podido concordar se o filho-da-mãe não utilizasse a sensata filosofia africana em prol do seu bolso. Sei que os policiais são sub-remunerados, mas eu o comeria todo cru, aquele gordo toucinho maquiado com carvão de lenha. A montanha sem suspensórios acompanhada de seu duplo, cujas calças só não caem porque sua envergadura excepcional termina numa bunda de elefante, me pede dois mil francos em represália por não ter enfiado mil CFA na minha habilitação.

Convinha respeitar os costumes.

Contestações, gritos recheados de palavrões, malditos vigaristas, pago. Há três veículos atrás de mim esperando, sujeitos sem grana que conhecem a música. Eles se cotizam para os mil francos. Fecham o bico porque o poder está em frente e o analfabetismo veste cáqui. É assim em toda parte, meu velho. Digo comigo que se um dia ele subir ao poder, o pequeno Moussa Diop, o vendedor de cestos, conceberei perfeitamente que maltrate os dois mandarins do asfalto. Mas Diop é honesto e meigo como um pombo.

— Você tem sorte, *toubab*, de eu não levar você preso por desacato ao presidente.

— Não desacatei o presidente!

— Eu represento o presidente, senhor branco arrogante.

Eu resmungo. Você imagina, lá em cima, a valsa das subvenções, as cascatas bancárias?

E Mima, por sua vez, peleja com seu guri nas costas.

— Você tem sorte, Olhos Azuis, não temos guerra.

— Tem razão, Mima, não há guerra mas seria preciso fazê-la contra os aproveitadores.

Tip-Top la Bielle é mecânico. É da oposição. Vai às reuniões para gritar. Isso faz bem. Ele berra alto, Tip-Top. Paga para gritar: travessia sorrateira à noite, ameaças. Tem medo pelas filhas. Estupro não é crime, monsenhor! Claro que sim, Dupneu!

— Veja, Olhos Azuis, a África é uma bela garota que estupramos. Fodem ela e ela fecha o bico. Ela não sabe se defender.

Tip-Top agita os braços compridos.

— Vocês também, brancos, vocês foderam com a África. Chamavam meu pai de De Gaulle. Era alto como Charles. Era mercenário. Perdeu uma das mãos. Como presente, guardou seu uniforme. Ganhou belas medalhas, nunca recebeu pensão. Quando morreu, enterrei tudo com ele. Enterrei meu pai e a França. Chorei muito, *tubab*, e mijei sobre as medalhas.

— Tip-Top, fala-se de corrupção, de vigaristas que roubam seus primos, dos caras de cu que só pensam em encher o bubu de CFA. Falo dos milionários que obrigam todas as gazelas da aldeia que sonham com um futuro melhor a chupar o *bengala* de graça.

— Estou falando do homem, meu irmão, ele está podre na raiz.

A propósito de *bengala*, no café M'Balo, há duas louras em ruínas, sem raízes, trepando com dois *músicos* enfumaçados.

— Elas vêm chupar do Zan — zomba Tip-Top. — Aqui, Olhos Azuis, se em volta de você todo mundo é desonesto, você é estúpido como uma vaca. Há um provérbio que diz: deixa o carneiro mijar, *tabaski* virá. Quanto a mim, não deixo mijar.

Mima sorri. É bonita. Tenta arrancar melancias. Isso faz os homens rirem.

— Quer comprar manga?

Mima enxuga a testa, ajeita seu bubu num peito ainda firme. Aposto cinco mil CFA que daqui a pouco terá duas línguas de boi no lugar de seus melõezinhos. Pobre Mima.

Pega o dinheiro das mangas, seu olhar me torpedeia, afundo. Tip-Top se diverte.

— Vamos lá? — pergunta Tierno, que teve muito medo de ir para a prisão comigo. Tierno não tem habilitação. Sou eu o motorista.

Um abraço, Roland. Tomo suco de gengibre à sua saúde. Aqui é melhor que um Bordeaux! Não me faz falta o pequeno Ormes Sorbet que você certamente abriu ontem à noite. Fique sereno.

B.

Saint-Louis, Senegal, 20 de março de 1994
Escolha de locações

R.
Saint-Louis. Sei muito a seu respeito. Tenho a impressão de ter passado toda a minha infância aqui. Um filme será rodado aqui, o rio é irresistível até a barra. Cavalgarei na Língua da Barbária com duzentos e cinquenta cavaleiros. Imagino o arrepio nos pescoços dos cavalos, as bestas embriagadas de espuma. Vislumbro as casuarinas na bruma do mar, as velas estalando sob o vento oeste. A música será como o rio, um baixo-contínuo. Os cantos já esvoaçam acima do estuário.
Saint-Louis é a fronteira do Walo e dos territórios mouros. As expedições subiam até Galam pelo ouro, o marfim e os escravos. Três meses remando em benefício das companhias. Por toda a costa da Senegâmbia, as tripulações das naus embarcavam os homens, as mulheres e as crianças, matavam os recalcitrantes. O silêncio do Século das Luzes era ensurdecedor.
Este será o percurso iniciático, a tomada de consciência de um homem cegado pelo luxo e o conforto de sua condição. Há ignorâncias tão culpadas quanto o silêncio.
A Revolução está em marcha, inelutável. O povo, por sua vez, desperta. Mas a França está longe. Em seu palá-

cio de areia, o herói dessa história não conhecerá a tormenta revolucionária. Seu destino é alhures. Há uma outra viagem a ser feita, um amor inesperado a ser vivido, uma cultura a ser vislumbrada. Ele conhecerá o povo negro, que não é evidentemente "o mais evoluído dos povos símios". Conhecerá a *signare* Anne Briseau, a mestiça, e Amélie Maimouna Ba, a criança peul, a escrava, presente de Akmed Moktard. Viverá a África como poucos brancos a viveram nessa época. Os dilaceramentos e as dúvidas escalonarão o rio de sua vida africana.

Ele tentará, numa terra nova mas já aviltada, fazer esse *Elogio da diferença* que Albert Jacquard só viria a escrever dois séculos mais tarde.

Vi a dança das mulheres sobre o cais. Concebo que determinados sacerdotes, perturbados, tenham escrito tolices sobre a África. Não todos, naturalmente. Muitos pactuaram com o diabo africano.

Ba souba, até amanhã (é wolof).

B.

Saint-Louis, Senegal, 21 de março de 1994

R.

Sonhei com uma mulher, Roland, ainda sonho com ela.

Ela é como um rio africano, preguiçosa e violenta, sinuosa, em busca do prazer.

Seus sonhos procuram uma praia, como esse canoeiro que parece, na contracorrente, nunca alcançar seu objetivo. Então ela alimenta-se de perfumes, de um outro mistério, reinventa o desejo. Com os lábios inchados, deixa a água morna do temporal amenizar a queimadura e, não obstante, também a quis. Espera o gesto, a carícia do dedo sobre a pele tenra. Tem o âmbar e o antracito: não é nem um nem outro. É macia por trás da coxa. Abandonada, espera uma boca na concha do púbis. Nada acalma a dor deliciosa abaixo do ventre. Há um lugar liso, úmido como uma fruta de invernada, uma manga quente a ser tragada em sonolência. É preciso beber o prazer impaciente e se deixar agarrar pela sombra pesada. Ela de costas, vasculhada, bebida, pedindo a carne intumescida, ávida. Agarrar sem contenção, desabotoar o pudor. Sentir a mão vergar o dorso, o sexo penetrar. Seu corpo é oferecido, acossado, depois pacificado, acariciado. A tensão do desejo está no fim do grito, abafado na noite dos segredos. Misturada com a sombra, contra a parede ainda quente, ela deixa o prazer escorrer por entre as pernas. O outro, lá, que passa, também poderia fodê-la. Bastaria um sinal para ele mergulhar seu pau preto na queimadura, as coxas duras contra suas nádegas. Ela treme por isso, por esse prazer, por essa doçura e essa paz, por essa violência nela.

Mas a mulher preta, por trás do pano azul, sofre com seu sonho solitário. Apenas a chuva morna escorre sobre esse ventre esquecido.

Diama n'gn yendu, boa noite!

B.

Saint-Louis, 22 de março de 1994

R.

Esta manhã, parto para o leste, para Bakel, na fronteira do Mali. Quero ver o rio nesse lugar em largas curvas que devoram penhascos de terra vermelha. Estou num pequeno monomotor com um vento leste forte. Temos uma reserva de combustível em galões de dez litros empilhados nos assentos de trás. Sábia precaução. Não avançamos, é preciso pousar numa antiga pista militar isolada no meio da savana e encher o tanque. O calor nos ataca. O lugar é um forno. Um pastor nos observa de longe sem ousar aproximar-se. Há um gorro de lã. Flutua no meio do capinzal. Ondula. As cabras invadem a pista. É preciso expulsá-las. Partimos de novo. O vento fica mais forte. Temos grandes esperanças de alcançar Bakel. Sobrevoamos a ilha de Morphil. Antigamente havia elefantes, daí o tráfico de marfim e o sumiço dos paquidermes. Em Matam, o vento se acalma. O piloto entrega-me os comandos. Matam, a cidade do mercado de escravos, deve seu nome a *matama*, que quer dizer "pagar à vista" em toucouleur. Era preciso pagar à vista os escravos que os reizotes forneciam aos negreiros. Antes, chamava-se Tiaide. Ainda há crocodilos nos braços do rio. O piloto aponta para mim a agulha do combustível. Resta pouco, estamos na reserva. Bakel aparece. Impossível encontrar a pista. Há uma, no entanto, e o GPS nos indica seu sobrevoo. Uma vez, duas vezes, dez vezes, atravessamos o ponto preciso. Nada. Começamos a pensar em pousar aleatoriamente no matagal ou numa estrada sem costela de burro. Isso é mais delicado. Uma rajada de vento salvadora, um tornado, levanta uma nuvem de poeira. A pista está bem embaixo. Pousamos. Vai ser preciso muita paciência para encontrar o concessionário da gasolina e encher nossos galões. Vou até o forte de Bakel. Toda uma história na curva do rio. Uma loucura implantada para o comércio do ouro, do marfim, dos escravos, da borracha.

O forte que agora é uma pequena chefatura de polícia parece esperar o hipotético inimigo, os tártaros implausíveis como os de Dino Buzzati. Até Mongo Park, pensava-se que o rio Senegal e o Níger eram apenas um. Em 1802, ficou provado que os dois leitos eram diferentes e opostos, como uma divisão das águas. Encontro aqui o livro de Bowles que Claire me deu um dia de presente, com aquarelas de Barcello, *O anel do Níger*. É único. Preciso lhe mostrar. Eles souberam captar esse desencorajamento até cansar, o véu de poeira no alvaiade da aurora, os pés nus sobre a terra seca, o silêncio das margens. Há a invisível memória na concavidade das dunas e sob a jarra de argila. Eles sabem como o homem apressado morre, exposto num sambaqui, sem compreender, o rosto queimado, o sangue como uma lava, e como a mulher branca tem o saber alterado pelo outro conhecimento.

No centro de Bakel situa-se a casa onde René Caillié teria morado. Acreditemos. É um "país", você sabe, ele nasceu em Mauzé-sur-le-Mignon, na Charente, perto da casa da minha avó paterna, que morava, por sua vez, em La Grève-sur-le-Mignon, encantador! Não o suficiente para que o grande René ali cultivasse as *mojettes* e os pepinos do pântano. Ele foi até Tombuctu, a cidade proibida, fazendo-se passar por muçulmano. Tinha ido ao Egito fazendo-se passar por mouro. Esse homem tinha que ter feito teatro.

Não voltarei a Bakel, Roland, é muito longe, muito quente e muito menos bonito que Saint-Louis e o estuário do rio. Está tudo lá. Vamos novamente para o oeste. Gosto de voar. Um vento de areia, o harmatão, dá o ar de sua graça. Visibilidade zero. Navegamos pelos rudimentares instrumentos de bordo. Economizamos o GPS, que dá sinais de fraqueza. Mantemos a direção. Alguns descampados nos tranquilizam. É rápido! Quando presumimos Saint-Louis à frente à direita, pedimos ao GPS que nos faça a gentileza de nos fornecer a posição antes de entregarmos a alma. Gol! Saint-Louis está embaixo, invisível. Giramos em círculo a altitudes diferentes. É apenas muito lá embaixo, acima da cidade, que vemos os telhados, a aldeia de Guet N'Dar, a ponte Faidherbe e um pedaço da Língua da Barbária. O piloto é talentoso. Encontra a pista.

Você não morreu de medo?... Eu também não! Estava como eu gosto. Só me arrependi de não ter visto o delta, o parque de Djoudj, onde um dia terei que vir para saltar de quatro mil metros com um paraquedas arco-íris. Descerei sob a corola como uma grande borboleta. Terei à minha volta uma corte de pelicanos e hordas de cavaleiros combatentes. Aterrissarei nos bambuzais no meio dos ninhos. Já vejo a bunda dos porcos-do-mato atrás das acácias, perto do marimbu de nenúfares.

O harmatão se acalmou, o vento de areia poliu as cores. Vai ser preciso que a brisa do mar retoque as acácias, o branco da espuma e o pano das mulheres. Ela traz a voz do coral, um cântico cantado em wolof. As brumas dissipam-se atrás das casuarinas. O céu se tinge de um azul por muito tempo esquecido.

B.

Goreia, 4 de maio de 1994

R.

Encontrei o palácio do meu governador em Goreia. É a réplica exata do palácio do marquês de Boufflers em 1787.

Numa sala abandonada da prefeitura, descobri uma tela pintada. O governador recebe os notáveis. Há Anne Pépin, a *signare* que se tornará sua amante depois sua mulher, "à moda do país".

A ilha é um pontinho ao largo de Dakar. É orgulhosa e independente. Cultiva a lembrança do tráfico como uma glória. As mulheres mantêm mércios desde sempre. São goreanas antes de serem senegalesas. A casa dos escravos repintada de cor-de-rosa é aberta aos turistas. À noite, quando o mar se agita, ouvem-se ruídos de correntes e gemidos.

Há uma aranha à espera dos barcos de Dakar. Está sobre três patas e estica a quarta para mendigar. Voltamos a encontrá-la na casa de Thiam, que roda pelas mesas. Após a coleta de moedas, vem sentar e pede uma Coca. Sentado, Moussa, a aranha, se parece com um garotinho que ri de suas facécias e dá piscadelas para as meninas. Entre os mendigos, é a criança-rei. Sua deficiência compele a generosidade do turista. Ele pede a uns suditozinhos que venham para a mesa. O reizote Moussa é ao mesmo tempo déspota e bondoso. Oferece Fantas laranja e Cocas geladas ao povo-criança. É formoso e inteligente. Suas mãos são as de um pedreiro com calos de pedras nas palmas. Recusa muletas. Como aranha, enche o cofre; de pé, não reinaria mais.

E a escola, Moussa? Ele ri. E seu colete, suas bengalas? Ele ri mais e, de quatro, dirige-se para o cais aonde uma embarcação vai fundear.

Jeanne é cristã. É domingo. Ela põe seu vestido amarelo com flores vermelhas. Tagarela com as garotas num banco. A parede está manchada por sombras azuis, ela também. Ela é atraente. Depois da missa, vende pastéis. Agita as pulseiras de madeira e suas pérolas de vidro como guizos. Vou ficar um pouco e comer pastéis. *Diam n'gam diakha bourafet.* Bom dia, linda mulher!

Um abraço.

B.

Cannes, 18 de maio de 1994

R.
Substituí o ocre da África por um céu borralheiro. Esse velho festival me pareceu o mesmo de há dez anos. As montanhas financeiras de um filme são exercícios de alto nível. Há um bando de chatos por aqui. Fico impaciente. Nas praias, as marolas do Mediterrâneo quebram contra pedrinhas cinzentas e vêm banhar os pés das *starlettes* entediadas. Um avião passa com uma faixa. Gaba as máquinas de moedas. Ontem, era um voo de camisinhas. Protejam-se! No Carlton, as pessoas embriagam-se com mentiras e elogios. Aniquila-se o tédio com uma palavra enaltecedora. Bebem ácido no balcão. Quanto a mim, tenho a cabeça na África com *Les caprices*. Tenho que roubar dinheiro, mas de quem? Volto amanhã.
Um abraço.

B.

P.S.: São cinco horas da manhã. Acabo de encontrar esta carta perto da vigia. Vou fazer minha mochila, pronto para partir. Tenho uma pequena cabine no *Lady Jersey*. É melhor que o Carlton.

Espero que você não tenha me visto de pinguim de geladeira na cerimônia de encerramento. Um jantar se seguiu, sob uma avalanche de anedotas que só parou com o fechamento das boates. Poupo-o disso tudo. Enchi a cara para não ouvir minha própria voz.

Amanhece: fim do festival, nuvens baixas, como as perspectivas. Fazem uma faxina nas pontes, nos cais, nas coxias, nas ressacas, nas beldades desmaiadas. O sonho se estiola. O espelho escurece. Os dias pétalas murcham. Fechamos as malas.

Até o próximo ano, se a fortuna não soçobrar no último fiasco.

Nos ares, 13 de junho de 1994

R.
Revi meus filhos, longe da inútil Cannes. Foi um breve e feliz momento.

Estou no avião sacudido barbaramente. O sol está branco.

Daqui a dez dias, estarei no Marrocos, no filme de Robert Enrico. Pisoteio, roo os cantos dos livros já estropiados. Saint-Exupéry me obceca. Perturbador, dilacerado, poeta cândido e astuto como seu Pequeno Príncipe, Saint-Exupéry o amigo, o amante, confrontado com a realidade dolorosa. Antoine tem a cabeça nas estrelas, o corpo um pouco pesado, desajeitado nessa velha *Terra dos homens.*

Serei fiel ao que mais se parece com o que sei dele? Ele é o incompreendido, "o Pic la Lune", o distraído, o escritor, o contador de histórias. Consuelo pergunta-lhe um dia se afinal ele é de esquerda ou de direita. Ele responde: "Não sou nem asa direita, nem asa esquerda, sou o pássaro." Talvez esta seja uma pequena covardia que vá lhe custar algumas inimizades. Esse homem voa a dez mil metros acima de nós, escrevia André Breton, que nem sempre foi carinhoso.

Eu teria preferido ser instruído, como dizia minha avó. Estou na escola da minha vida. Aprendo. Despeço-me por causa da turbulência. Deveríamos estar acostumados a tomar notas na tormenta, eu não. St-Ex fazia isso.

Espero que se habitue ao meu descosido. Meu pensamento chacoalha, meu olhar pega o que acha. Há muito a olhar. E depois, você sabe muito bem que viajo por dois.

Um abraço.

B.

Diálogo

— Pegue meus Gauloises no dorso do tanque.
— Assim você me obriga a dar a primeira tragada, eu que não fumo mais... Abra o bico!
— Os maoris das Marquesas?
— Estão lá desde o século V. O primeiro a ir encher o saco deles no Taiti foi Wallis. O grande criador Tahaora vigia e expulsa os Tupapaus, os maus espíritos. Os Maraes são santuários e os tikis, os mensageiros dos deuses. Todos os ladrões Tikis foram aniquilados pela cólera de Tahaora. Todos morreram de morte violenta. Os últimos foram um capitão e sua tripulação, em 1933.
— Você lê demais.
— Os Imemoriais *de Segalen! É* lindíssima a mitologia maori.
— Fale-me dos humanos, de sua escala no Pacífico, de sua travessia de dólmã branco e pompom vermelho.
— É longe. Tenho a lembrança da gardênia branca na orelha das meninas, do hibisco vermelho em sua cabeleira negra, encaracolada atrás. Seu sorriso é um convite ao prazer. Havia um tocador de tambor, um Pahu-Toere com um sorriso escarninho. Nas lojas chinesas, havia tangas em casca de amoreira ou de banana que os homens e as mulheres usa-

vam nos quadris. Agora, usam jeans ou saias sintéticas e rodam de scooter.

— *Desmancha-prazeres!*

— *Lembro-me de uma bebedeira sinistra entre um wallisiano naufragado em Papeete para descobrir ancestrais e um legionário russo que queria esquecer os seus. Bebi uma caixa de cerveja Hinano, pregado no bar num banquinho alto de bambu. Quando quis me mexer, o chão pulou na minha cara e o teto balançou, dormi no quintal com as latas de lixo. Ao despertar, um cão me lambia e uma velha lavava a rua com jato d'água. Encontrei minha chinesa no Queen's e continuei a beber.*

— *Isso é lamentável.*

— *Pois é! Me odeia por isso?*

— *Sim, é preciso consertar isso, pintar tudo de novo com as verdadeiras cores maioris.*

— *Pode esmagar minha guimba?*

— *Que brasa!*

— *Café?*

— *Esfriou.*

— *Tudo bem.*

Cap Juby, 17 de junho de 1994

R.
Cap Juby, no sul marroquino, foi uma das bases da Aéropostale. Saint-Exupéry foi responsável por ela durante dois anos. Aprendeu a língua dos homens azuis.

Dormimos em barracas individuais aninhadas na areia. Deleito-me. O Atlântico rebenta estrepitosamente nas falésias marrons. Alguém vem acender uma fogueira. Onde encontrou lenha nesse lugar? Um dia, vi um homem puxando um burrinho carregando galhos nodosos. Vinha do deserto. O homem apontou para mim o horizonte de dunas estéreis. A um dia de caminhada, havia um leito seco e arbustos mortos.

Archotes voam e somam-se às estrelas. Seu cigarro em brasa foi embora com o vento oeste. Aí está você todo nu, como que esculpido no mineral.

Aonde vão esses homens que caminham sobre a nudez, sobre esse lago de areia infinito? Algumas vagas de dunas de pele loura esperam a carícia de seus corpos. Esta noite, irão deitar-se sobre essas formas, espremer-se na concha desses seios. Sonharão entre as coxas dessa mulher de areia. Irão procurar a fonte da vida, a seiva, água preciosa no fundo de um poço que será preciso vasculhar até sentir entre os dedos a umidade milagrosa. Mas às vezes a mulher de areia nega-se aos estrangeiros. Ama apenas os nômades, os que cantam e dançam sob as estrelas da noite.

As sombras ondulam ao poente. O chá espuma nos copos. A chaleira de prata mija um filete pelando. Uma mulher assa um empadão. Lá em cima, o céu gira lentamente. O homem tem fé, sabe que suas estrelas jamais irão traí-lo. Quando adormece, tem um último olhar para elas e esquece, pura e simplesmente. Amanhã, antes do dia, lerá mais uma vez os signos do universo e quando a aurora desenhar as dunas, decifrará a passagem que leva ao próximo poço. Vi isso por você e, por um instante (digo um instante, pois a loucura encontra sempre uma camisa-de-força), por um instante vi-o perto de mim com a cabeça para cima, o nariz nas estrelas, com seu camelo de rodas, o eterno Gauloise no canto da boca, a contemplar a via láctea.

Como você estaria aqui? Não interessa! Você estaria aqui, ponto final! O Latécoère de Saint-Exupéry nos teria largado a três mil e quinhentos metros em queda livre. Em dupla, você amarrado à minha frente, teríamos observado a lua iluminar as dunas lá embaixo. Teriam sinalizado com fogos e teríamos esperado um vento favorável, teríamos, teríamos, teríamos tomado um bom trago e cantado no vão da porta. O piloto teria sorrido (St-Ex, naturalmente), teria erguido o polegar, e, hop, teríamos, teríamos, teríamos valsado nos ares a 250 km/h. Impulso para trás, impulso para frente, cambalhota, campo crescendo a toda velocidade, 2.800 – 2.600 –

2.500, não vai durar muito mais, 1.500 – 1.300 – 1100... pronto, abrimos o guarda-chuva.

Baque, silêncio, planamos, o velame desdobrou-se. Ele nos esconde a Grande Ursa, a valsa é lenta, as luzes rodopiam, as dunas se agitam, a gente se equilibra e se lixa para o mundo.

Eles haviam dito: Impossível.

Havíamos respondido: Impossível o cacete.

Ríramos, e aqui estamos no deserto a contemplar as estrelas. Quando voltarmos ao redil, vai ser bom contar, boquiabertos e de olhos esbugalhados, para os companheiros, avisá-los de que os sonhos existem. Você, por sua vez, sonha e acredita em mim. Então eu lhe conto, conto, porque você acredita e, quando conto, você vive o que faço, faz também.

Eis o que eles descobririam, os amigos de olhos esbugalhados e boquiabertos.

Então, Roland, não foi incrível essa queda livre?

Há músicas e cantos que somos os únicos a ouvir. Por exemplo, os meteoros, as pedras escuras caídas do céu no deserto, esperam há séculos alguém para contar sua história. Um dia, um cientista chega, olha para a pedra e lhe diz: "Pode falar, conheço sua língua." Ele julga conhecer a língua das pedras pretas, conta histórias sem cor, com números. Quanto a nós, não damos a mínima, olhamos para ela e pronto!, chacoalhamos no éter: a viagem começa!

Muitas vezes as façanhas dos homens, sua coragem também, são admiráveis apenas por serem eles capazes de desmoronar, de chorar, de suplicar um olhar. Aquele que receia que nenhuma boca venha a se oferecer a seu desejo, esse homem é capaz, com seu avião, de seguir o orbe imaginário que o precede perfeitamente, com a graça do pássaro. É capaz de derreter ouro e aço, de construir máquinas para instilar-se medo, de inventar a morte e depois, uma noite, instalar-se delicadamente sobre uma pedra e pintar a vida, misturando as cores.

Amanhã, filmamos. Terei 47 anos. St-Ex morreu há 44.

Um abraço.

B.

Cap Juby, 20 de junho de 1994

R.
Fui excluído do próximo plano em prol de uma estranha cavalaria. Sentei minha bunda num caixote de munição, um falso, claro, a aventura do cinema tem limites.

Há o deserto infinitamente adiante. A bruma de calor suspende o cavaleiro. Os camelos flutuam na opacidade loura. À direita há um lago de sal, deslumbrante, inacessível.

Uma maquete de avião está pousada lá, contra o vento.

Os guerreiros desajeitados atacam o pássaro caído do céu. Os animais hesitam e estouram. Os fuzis carregados de mentirinha disparam apenas ao acaso. É magnífico e ridículo. Olhares atentos, espanto dos homens do deserto. Estão habituados ao essencial, o inútil não lhes diz respeito.

Volto até o mar. Navios estão instalados na vaza. Os cargueiros agonizam até a última arruela. Não lutam mais, esperam. Os grandes corpos de aço, imóveis, entregues ao suplício das marés, gemem ao vento do largo.

Uma mão toca seu ombro. Um homem sorri e estende um copo de chá. Basta ver lábios se mexerem para que a vida se comunique. Você imagina um rosto atrás do pano azul.

Faz calor. Você procura a sombra. Não existe. Então você aceita o quadrado de pano branco que a mulher coloca em sua cabeça. Ela cerca seu rosto com gestos repetidos há milênios. Tudo parece fácil. Onde não há nada, o gesto e o tempo se casam. Deixamos no esquecimento a pureza do gesto, a laranja delicadamente esquartejada ao sol... e no dedo o suco exsuda.

O mar está próximo, vivo, arrogante. St-Ex e seu mecânico estavam longe de tudo, num caos de rochas friáveis estagnadas na areia. Era como aqui. O *Simoun* desmantelado, o avião de Antoine, é como um inseto seco no sol, a carapaça dilacerada, as asas quebradas. Cinema.

O cenário é o mesmo provavelmente. Dois homens no fim da vida porque não há mais água. Será preciso que a estrela guie o beduíno com um odre e um punhado de lentilhas para que a vida continue. Antoine viu os rastros da pequena raposa no deserto. Compreendo sua necessidade de se agarrar a esse sinal de vida, como aquela haste de capim agitada pelo vento e que fala aos outros vivos. Não passaria pela cabeça de ninguém arrancá-la. Seria como um tiro de revólver para terminar com tudo. Essa haste de capim fascina. Ele é a terra, a dos homens e de St-Ex. Eu teria gostado muito de encontrá-lo no meu caminho, cavalheiro, no fim de uma pista, num hall de hotel ou hangar de avião. Não me teria desagradado me estourar num acidente com o senhor. O senhor teria me falado da infância, da calúnia, da amizade, e eu teria escutado, sossegado por saber que o homem é tão frágil, desesperançado, sempre. O senhor teria apontado para mim a estrela que tantas vezes lhe mostrou o caminho, que tantas vezes o enganou também. Ela era farol, luz da cidade, fogo de cerrado ou lanterna de caminhão.

O senhor teria me feito sorrir com esse pedaço de constelação sob sua asa, destacada do quebra-cabeça do céu, uma aldeia de estrelas acima dos homens. O senhor teria me dito que "o homem não pode acreditar na virtude das palavras a não ser se tiver sua vida como refém, a não ser que participe fisicamente da ação". O senhor teria definido *cativar*, *verdade*.

Eu teria dormido em paz após ter visto a estabilidade dos manômetros na noite, eu que sou um zero à esquerda em manômetros. Teria abençoado o ronronar do motor. Teria entendido com dificuldade o murmúrio do nome das estrelas: Cassiopeia, Cruzeiro do Sul.

Seu avião, o *Simoun*, foi ferido mortalmente em meio às pedras da lua na areia do deserto. Não morro de solidão. Morro apenas um pouco por não tê-lo conhecido.

O senhor diz: "Nada é intolerável", eis um ponto de discordância. Impressão estranha perceber que faltamos a um encontro, definitivamente. Eu faltei a este.

O vento lambe as dunas. Levanta uma poeira loura que faz chorar.

B.

P.S. Fiz quarenta e sete anos no anonimato, foi perfeito. Eu não havia dito nada, claro.

Você se lembra, Antoine morria de sede no deserto. Ele pensava o tempo todo naquela garrafa de água fresca, borbulhante, esquecida na mesa. Era com Consuelo. Eles haviam bebido o vinho, somente o vinho, e aquela água o torturava. Bebo um grande copo dessa água.

À sua saúde, Roland.

Diálogo

— *Boas notícias:* Les caprices d'un fleuve *vai ser rodado este inverno. As locações estão escolhidas. Entramos nos preparativos.*
— *Coitadas das Marquesas.*
— *Não posso estar em todos os lugares.*
— *Mesmo assim, você está.*
— *Estou falando da África do Norte e você responde: Marquesas.*
— *Paciência!*
— *Não, paciência, não: mais tarde.*

Saint-Louis, 17 de janeiro de 1995
Filmagem de Les caprices d'un fleuve

R.
Todos os figurantes dormem e comem no acampamento Moktar há três dias. Mandei montar essa aldeia de tendas mouras num lugar pouco acessível, a alguns quilômetros ao sul de Saint-Louis. Descobri essa língua de deserto perto da Duna das Pérolas, cara ao amigo Torto. Perto dessa duna há uma pequena superfície de sal branco. Ela se mistura com uma terra marrom que exibe aqui e ali um capim rente e azul. O pequeno vale é demarcado pelas colinas de areia. Estas são espetadas por figueiras-da-barbária e de lenha morta. Na prata das cascas, há intumescências acenouradas que o sol inflama. Na outra vertente, procurando um hipotético ponto de água — pretexto para a minha curiosidade aventurosa —, fiquei atolado num lago de cinzas ameaçado pela barbárie dessas figueiras, um mar de soldados de armadura com pontas vivas eriçadas. Os espinhos dessas plantas carnudas penetram insidiosamente em qualquer pneu. Foi preciso cortar com o facão e abater cabeças. A seiva vermelha pingava como um sangue de homem. Era um pouco louco, estranho, mas enfim lindíssimo apesar da mixórdia. O sangue das figueiras é um corante mag-

nífico para os panos das mulheres. O acampamento Moktar é a réplica exata de um acampamento de nômades ilustres. As barracas são de pele de cabra ou pelo de camelo. Há abundância de tapetes, esteiras, cobertas. Todos sobrevivem nas tarefas cotidianas, a coleta de água para os cavalos e os homens, o abastecimento, a reza, o repouso. Os conselhos são realizados por castas. Os chefes foram escolhidos entre os notáveis e eles levam muito a sério seus privilégios temporários. Divirto-me muito, as crianças também. Elas estão em toda parte. Inventaram todas as brincadeiras. Com uma meleca de areia no nariz, escalam e atacam as dunas como todas as crianças do mundo. Gozam de uma liberdade de animal selvagem, sob o olhar constante das mães. Estas preferiram seu gineceu. As palavras voam sob os telhados, ricocheteiam de uma barraca a outra. Enlanguescem sobre as tramas sutis. Não param de chilrear.

Aqui, quando o sol está a pino e você perde sua sombra, convém relaxar. Houve a guerra da água, semana passada, um incidente de reabastecimento. Nenhum poço nas proximidades. Apenas uma grande cisterna distribui a vida. Ela permaneceu vazia durante dois dias. Há 300 habitantes sob as lonas e 250 cavalos. São necessários no mínimo trinta litros de água por dia e por cavalo. Houve uma revolta e foi preciso muita paciência e *bakchichs* para que todo esse sonho não terminasse em tragédia. A lição foi severa. Ficou tudo acertado. Agora está tranquilo. Muitos escolheram a paciência e a prece, e, assim que as sombras se esticam, as mulheres acendem as fogueiras. A chaleira fica no centro e sugere a comunhão, a cerimônia suspende o tempo. Os longos filetes ferventes cascateiam nos copos, de um copo a outro, de uma mão a outra. Do mais claro ao mais escuro, são três chás. Cada nômade, seguindo sua cultura e sua tradição, dá-lhes uma definição. É a palavra africana inalterável cujo sentido multiplica-se com o tempo. Os contadores, os pajés, os marabutos transmitem as parábolas eternas à sua maneira. O poeta as transforma. A palavra torna-se gesto e ensinamento. Os sábios cativam-na. No nosso caso, dizem eles, a palavra transmite o saber, mas, se a palavra não for a certa, transmite a mentira. Aqui, o primeiro chá é leve como a morte, o segundo doce como o amor e o terceiro, o mais forte, amargo como a vida.

Os camelos desprezam as cabras que esbarram nas crianças, os zebus na contraluz levantam uma nuvem de âmbar. As acácias estão transparentes.

É uma delícia essa Hollywolof. Estou lhe contando, mas você verá as imagens. Sei, você prefere que eu conte, mas filmar é um trabalho inesgotável e falta-me tempo para você. Domingo, na hora dos sinos e do muezim, na hora do suco de gengibre e do chá verde, eu conto.

Mangui deme, até logo!

B.

Saint-Louis, 21 de janeiro de 1995

R.

Precisa ver os barcos no rio, Roland, com a flotilha dos quarenta saveiros, todos com as velas desfraldadas. Devia ser assim em 1787. É empolgante. Há uma brigantina e as couraças. Todos se empenham. Essa velha marina exige uma vigilância incessante. Há uma vida ativa sobre as pontes. Não se vire, você veria calhambeques sobre a duna, uns caras de jeans, uma câmera e caminhões de maquinaria. Você veria meu semblante alegre e preocupado. Você me sentiria à espreita, feliz e palpitante. Vou gozar do prazer inaudito de navegar nesse rio com a maré cheia e sob um sólido vento oeste. Há pelicanos, poupas, maçaricos-reais sobrevoando a armada. Há andorinhas, gaivotas risonhas, loucas. Os pássaros estão bêbados, eu também. A proa debrua a espuma. De pé nas amuradas, as crianças do Senegal representam *laptots*, os pequenos grumetes escravos que formavam as tripulações dos navios. Os mestres de manobras lhes ensinaram o mar. Ei-los nos ovéns, o mais jovem sentado sobre uma verga. Estão felizes como nunca. Não havia mais barcos no rio Senegal, não havia mais cabotagem, chalupas. A ponte Faidherbe não abre mais. Esse produto Eiffel era para atravessar o Danúbio. Decepcionados, os austro-húngaros despacharam-na para o Senegal. Ela naufragou aqui. A história é engraçada.

Descemos de novo em direção à barra, na ponta da Língua da Barbária, com Roland Blanche, inesgotável de espirituosidade e inteligência. Ele murmura poemas. Richard Bohringer mudou de século. Está maduro como um comandante de batalhão da África. Não verá mais a França. Amará uma wolof e lhe fará filhos. Já está convencido de que mais tarde será obrigado a reconquistar Saint-Louis dos ingleses. Tem razão. Ele é o comandante Blanchot. As praias da Barbária nos separam do mar. É um dique frágil que se estira em aluviões. Está desgrenhado por casuarinas que se curvam sob a ventania acima das dunas. Ninguém tem pressa de fundear. Uma pena trazida pelo vento pousou na ponte. Ela é preta e branca com manchas carmim.

Os manguezais incandescem ao poente. A sombra chegou com o gavião-pescador. Ele plana por um instante acima dos grandes mastros antes de desaparecer na direção do Oriente que traz a noite. Há sobre uma terra alagada uma aldeia abandonada, choças peuls de tábuas encaixadas. Elas se parecem com grandes crisálidas nuas, casulos vazios. Há uma cruz e uma árvore morta como uma grande garra. Pássaros dormem nas falanges de madeira. O silêncio envolve o rio. Deslizamos para o rumor.

Saint-Louis vive no contraste, entre a turbulência das feiras e a calma das ruazinhas, a ofuscante luz e a sombra dos muros ocres. É preciso então refugiar-se num pátio sob uma arcada ou uma velha alfarrobeira. A cidade hipnotiza, fascina, dorme. Saint-Louis é prudente, assentada entre os braços do rio. Ao norte, o deserto mauritano eterniza-se. A costa estéril abrigava os náufragos. Os saqueadores esperavam suas vítimas. Fizeram a mesma coisa com os Latécoères da Aéropostale espatifados nas dunas. Os pilotos tentavam alcançar Saint-Louis. A última escala depois de Cap Juby. No hotel do correio, nas paredes dos corredores e na grande sala comum, as fotos contam a epopeia africana do herói. Todos têm caras de sedutores e sorrisos de conquistadores. Era preciso audácia. Foi daqui, de Saint-Louis, que Mermoz partiu quando atravessou o Atlântico até Natal pela primeira vez. Foi com o Cruzeiro do Sul que ele desapareceu no mar ao largo de Dakar. Ali conta que viu o piloto de Dorat aterrissar, que apertou a mão de St-Ex quando era criança. Pode ser. Saint-Louis é um penhoar à beira do deserto, um pano amarelo e branco. Tem a maciez das mulheres do Sul, a nobreza e a elegância das peuls, a vitalidade dos wolofs e a vontade selvagem dos povos do rio.

Por trás das acácias, nos bancos, os colegiais de guarda-pós azuis rasgam laranjas. Por que mantiveram o azul das freiras, o da colonização branca?

Gosto da reza. A fé dos outros me acalma. A voz do muezim me embala mais que um repicar de sinos. Quer uma gargantilha? Uma gazela de marfim? Olhe com o coração. Um amuleto? Preciso de um amuleto. Aqui todo mundo precisa de um amuleto.

Quanto quer por essa pedra preta? Para você, não é caro, é dado. O preço é proibitivo, mas o negócio está fechado. Terei a pedra. Será meu amuleto. Vou comer corcova de zebu ou iscas de tainha no Saint-Louisienne. Deixo a visível indolência fazer seu trabalho. Da minha parte, não posso. Tudo me excita, tudo me chama: a menininha que chora, o cavalo esquelético, a caçamba carregada de risadas, a lamparina a óleo ou a lâmpada anêmica, a máquina de costura e ele, sentado como alfaiate.

Acaricio a madeira azul da canoa naufragada. A pintura descasca sob a unha. Há o amarelo de antes, o vermelho da primeira vez. Uma liana de branco arrasta-se tagarelando com sua bacia de água sobre a cabeça. Quero filmar tudo, pilhar tudo, sinto um apetite de ogro. Aqui reinavam as *signares*, as mestiças rainhas, mercadoras de escravos e cortesãs. No século XVIII, os maiores armadores mestiços eram mulheres. Saint-Louis é mulher. Todo o ouro de Galam era para ela. As joias eram forjadas a frio e gravadas aqui para ela. Marie Labouré tinha 100 escravos, 25 degustadores e 43 extras. Eram jovens escravos com a função de carregar os paramentos e o ouro de sua ama. Quando as mulheres tocam o *kouri*, seus dedos correm e se escondem sob os véus. Seus olhares fogem e elas viajam sem o homem. Até mesmo suas risadas são misteriosas. Antigamente, os mouros raptavam as crianças, sobretudo as menininhas, que defloravam mais tarde. Quando púberes, diziam brincando que tinham três cabaços: o que os mouros lhes tiram, o que elas dão por amizade a um namorado e o que seu marido compra.

Os padres não estavam enganados quanto a isso. Demanet havia criado a confraria do Sacré-Coeur, composta unicamente das mais belas mulatas do país. Saint-Louis nem sempre foi tranquila e o comércio era violento. Temos que imaginar as luzes dos navios na expectativa, jogando com a maré. As chalupas navegam em direção aos cascos escuros.

Os marujos atacam os remos na água escura. Às vezes os escravos acorrentados lançam-se por cima da amurada e os tubarões fazem a festa. Mais tarde, se houver revolta, os líderes serão enforcados nas vergas e esquartejados. Os outros serão escravos, se não morrerem de fome nos porões dos navios-negreiros. A maior causa de mortalidade entre os escravos é o suicídio. "Os armadores faziam ouro para que tivéssemos açúcar."

 E fala-se em tolerância. É uma palavra condescendente. Quero ser intolerante com a ignorância culpada e com a ganância. Os portugueses diziam "Pau, Pão e Pano". O primeiro artigo do Código Negro visava expulsar todos os judeus das colônias. Por que os judeus? Por que não! Por que não os patagônios ou os inuítes? Seguia-se uma série de artigos edificantes sobre os direitos de propriedade e de vida e morte sobre o escravo. Pulo as sevícias autorizadas e as torturas diversas. Li o Código Negro, Roland, e foi difícil imaginar que essa heresia tenha sido escrita pelos nossos avós. O senhor de Fontenelle escrevia coisas encantadoras. O que deseja que eu leve da África para você? Um macaco ou um negrinho? Vai ficar satisfeito com o negrinho. É mais tranquilo e obediente. O macaco é supermalicioso. É muito mais inteligente que o negro. Se não fala, é porque receia que o façam trabalhar. Eis um pequeno diálogo que poderíamos ouvir nas casas das pessoas direitas, nas casas de muitos.

— Temos que admitir que o negro trepa nos coqueiros com uma agilidade suspeita.

— Uma charadazinha, cavalheiros! Uma caravela está em perigo, é preciso sacrificar uma parte da carga. O que lançar ao mar? O negro de pouco valor ou o cavalo caríssimo?

— Sabem que um tal de Brissot acaba de criar uma sociedade de amigos dos negros?

— Uma sociedade de amigos dos negros? Meu Deus, como se pode falar de amizade quando se trata de um negro!

— Buffon acha difícil perceber o fosso que separa o macaco do negro.

— De toda forma, não espanta que a trufa branca seja melhor que a preta!

— O negro é incontestavelmente o mais feliz da terra, pois é ele que pensa menos. Heródoto dizia que o esperma dos negros era negro, mas hoje sabemos por nossas mulheres que isso não é verdade.

— Alguns garanhões fazem a felicidade das damas francesas.

— Mas todos nós copulamos, prezada senhora. Eu mesmo copulo com uma preta. Eu não sabia que era zoófilo.

Silêncio.

Tentarei inserir essas pérolas de verdade na cena da refeição dos negreiros. Roland Blanche fará um cara chamado Paul Benis, diretor da Companhia das Índias e do Senegal. Escravo dos mouros durante dois anos antes de ser resgatado pelos ingleses, retomou seu comércio imediatamente. A experiência visivelmente lhe agradara. Eles são loucos! Nada diz que seja preciso olhar para trás. A abolição na Mauritânia não data senão de 1983 e ainda se trafica negros no Sudão. A escravidão não morreu.

Meu herói escreverá que o cativo é como o antílope capturado na armadilha dos pântanos. Ele se debate e chafurda lentamente. Um dia, uma flecha atravessa seu pescoço e ele se imobiliza no barro.

Todos esses homens e mulheres são como as maravilhosas borboletas de Adanson espetadas com um alfinete na madeira dura de um mogno. Batem as asas até a morte.

O pavilhão da Companhia flutuava sobre as embarcações do rio: azul cobalto, dois negros como suporte e uma coroa no topo.

O rei do Cayor, como muitos outros, fornecia duzentos negros em troca de fuzis e aguardente. Para ir buscar essa mercadoria e trazer o ouro, a borracha e o marfim, os barcos tinham que atravessar uma parte do Walo, do Fouta, evitar os saracolês, pagar as aduanas mouras e juntar-se ao reino toucouleur. Eles iam pegar as cerdas, o marfim e os escravos em Bambouk Matam e Galam. Era preciso desconfiar de tudo e de todos e não encontrar os temíveis guerreiros mandingas, impossíveis de escravizar. Abram caminho para o rei das peuls, Alamany. Os barcos eram arrastados, puxados ao longo das ribanceiras com cordas pelos escravos e os marujos. Às vezes, içava-se uma âncora no costado de um saveiro, a qual era lançada a montante, e remava-se com vontade para rebocar a embarcação. Era uma navegação de cabotagem.

À noite, os acampamentos crepitavam com as fogueiras de paletúvio. Os mosquitos guiavam a dança, bem como as aves de rapina, e isto até Podor, Galam, Bakel, e retorno com a vazante. Eles conheciam os perigos dessas expedições, as doenças, as febres na invernada. Mas os homens são de um jeito que estão prontos para morrer por ouro e poder.

Por volta de 1780, a Companhia envia um certo Ruhault ao forte Saint-Joseph de Tambaboukane. Um mês de viagem por terra com as peripécias que imaginamos. Negreiro, aventureiro e corajoso, ele está sozinho com dois marabutos.

Reúne diversas centenas de escravos e despacha um dos marabutos para avisar a Companhia, dirigida nessa época pelo Sr. Durant. A viagem tomará o mês necessário. Durant expede uma pequena tropa e a viagem irá durar mais um mês. Na chegada, descobriram Ruhault assassinado pelos escravos revoltados, o pequeno forte de argila estava em ruínas. Apesar de tudo.

Eu gostaria que meu filme fosse uma viagem, uma dolorosa viagem misturada com a felicidade inaudita do encontro, uma viagem para o outro, uma viagem iniciática e sensual, a de todas as audácias. Quero que meu herói seja um desbravador, perturbado pela própria ignorância, que penetre um pouco nessa África, que trave conhecimento com esse corpo negro efervescente a despeito da calma aparente das margens. Fustigarei como ele o coração das terras vermelhas. Irei acariciar os braços de areia branca e as ilhas de conchinhas.

Às vezes a África dá a sensação de um afogamento coletivo, sem grito nem revolta. É preciso uma vontade tenaz para resistir a esse terrível torpor. Mas uma agitação me invade e me surpreendo por estar bem.

B.

Saint-Louis, 2 de fevereiro de 1995

R.
Sei que voce está aí a me espreitar. Sei disso! Sinto isso! E isso basta para continuar na tormenta.

Eu não sacrificara o carneiro no rio: um esquecimento culposo. O pequeno veleiro afundou em dois minutos no meio do estuário: uma vela retesada demais, uma adernação a bombordo até deitar a nau. Entrou água no porão. Todos vimos desaparecer. Apenas o topo do mastro e seu pavilhão de flores-de-lis indicavam o naufrágio. A tripulação foi recolhida pela brigantina.

O barco não fora removido pelos bombeiros de Saint-Louis, como eles haviam previsto. A maré subia. Era tarde demais para desencalhar o veleiro. Tierno, o contrarregra, veio falar comigo em particular. Um homem da aldeia dos pescadores sugere que não conseguiremos puxar o barco enquanto o sacrifício não for realizado. Ele é o único a conhecer o rio. É ele que encontra os afogados. Ele nunca se engana!

— Você pagou as águas do rio?
— Farei isso amanhã. Preciso do leite de camela.
— Amanhã você terá o leite e iremos com Babakar sacrificar o carneiro. Ninguém pode saber.

Ao amanhecer, paguei as águas com o leite de camela e paguei Babakar bem caro para sacrificar o carneiro. O barco valia a pena, não é mesmo?

— Você acha?

A pergunta era estúpida. Sem resposta.

Babakar hesitou longamente acerca do local do sacrifício. Coincidência ou não, terminou designando um lugar na Língua da Barbária onde um mês antes eu decidira rodar uma cena com os mouros e o pequeno veleiro. Babakar não podia saber disso.

Ele mergulhou nas águas, nu. Foi levar os pedaços da besta sacrificada até o leito do rio. Deixou os pernis na margem. Ele possui faculdades respiratórias inegavelmente admiráveis. Ficou em apneia longos minutos, pois subiu sem a carne.

— Pronto, está feito.

— E os pernis?

— Os pernis são para mim.

Entramos novamente no 4x4. Assim que transpusemos a duna, o pneu traseiro esquerdo explodiu. Nos entreolhamos.

— Merda.

— Não fui eu — disse Babakar. — Eu cuido do rio, do carro, não.

Tierno me observava, preocupado.

— Por que me olha assim?

— Ontem, no La Belle Pauline, você gritou que ia afundar o veleiro se ele te atrasasse mais.

— Tierno, foi um acesso de raiva, fazia três dias que o veleiro nunca ficava pronto para aparelhar com os outros.

— É, mas você disse isso e os espíritos do rio não sabiam que você estava brincando.

— Só faltava essa, agora sou eu o responsável pelo naufrágio.

— Não, mas as pessoas dizem que você não dorme, não come, não mija, que trabalha o tempo todo, você grita que vai afundar o veleiro e o veleiro afunda, então...

— Então o quê?

— Então eles dizem que você é um *tubab* que tem poderes, um *tubab* africano.

— Tierno...

— Não sou eu quem diz, são os outros.

— E você, o que acha disso?

— Eu? Acho que foi você que furou o pneu.

Babakar sorria pelo retrovisor.

O veleiro foi desencalhado na mesma noite.

Tudo vai bem agora.

P.S. Conheci um branco que está dando a volta ao mundo de barco. Ano passado ele estava nas Marquesas. Não acontece nada. Aparentemente, eles só esperam a gente.

Um abraço.

B.

Sine Saloum, 4 de abril de 1995

R.

O filme terminou, fico mais alguns dias e corro para Casamança.

A morosidade embriaga, fujo no silêncio como o éter. É uma iniciação ao imaginário e à viagem leve como um sopro. Gostaria que você visse as carpas marinhas lambuzadas de espuma, que conhecesse o cheiro das fogueiras de raízes que queimamos com as folhas de eucalipto. O eucalipto faria bem a seus pulmões gosmentos. Empurrarei sua cadeira até o meio das brasas para defumá-lo com eucalipto. Farei com que perca definitivamente o gosto pelo tabaco escuro.

Acho que iria gostar das ostras de mangue capturadas na pedra quente. Comemos galinha *yassa* na casa de Christian ou um barbudo-gigante grelhado.

Obstino-me em rasgar a indiferença, em decifrar os silêncios e as fisionomias. Mato a rotina, sem remorso, com uma alegria perversa. Quero ser turbulento.

O céu está limão como um céu de Van Gogh. O tempo para. Que faz você, o Imóvel? Está em sua máquina? Rumina projetos? Sim, você sabe que é preciso antecipar e fazer com que o futuro nunca seja uma repetição do presente.

Roland, mando um abraço das terras africanas. Retiro para você as cinzas da batata-doce e do amendoim arrebentado. Há linguagens em percussão, anseios nas cordas da Kora. Penso às vezes ao lhe escrever que não passo de um marinheiro de tinta e que você, meu amigo, o marujo ancorado, não há senão seu corpo fundeado em Saint-Louis.

B.

P.S. Volto em breve. A montagem começou sem mim. Levo fé.

DIÁLOGO

— *Já sinto os perfumes da baunilha e dos jasmineiros.*
— *Você está bonito com seu colar de ylang-ylang.*
— *Vamos a Ao Pu, a ilha dos despenhadeiros?*
— *Conhece Ao Pu?*
— *Pelo computador. Conheço também Fatu Iva, a ilha da chuva e os Tikis de Puamau.*
— *Não conhece as danças do amor e do coito, as da guerra e do sangue.*
— *Não passo de um branco, um popaa imóvel que sonha com Fenua-Enata.*
— *...*
— *A Terra dos Homens, o verdadeiro nome maori das Marquesas.*
— *Você me enche.*
— *Estou me preparando.*
— *Faz bem. Irei preparar um tamaaraa para você. Farei um buraco. Esquentarei as pedras e cozinharei o inhame e o peixe misturados. Pescarei o bonito e o peixe-papagaio.*
— *Tatuaremos o couro como os antigos. Eles vão rir em Saint-Jean quando virem minha cara de maori com um cigarro no canto da boca.*
— *Uma cara de cinzeiro! Cadê o maori!*

Paris, 2 de novembro de 1995

Com um tempo de cão, não se empurra um paralítico para o lado de fora. O que procura navegando sobre as ondas amarelas das porcelanas de Saint-Jean? Você vagueia como um marinheiro perdido à procura de uma terra nova e não há senão fracas correntes de ar.

Você não possui nada, Roland, a não ser um pouco do universo dos outros. Só tem ciência desse alhures pelo rádio, pelos livros que você não pode ler e pelo que os amigos lhe contam. Você escuta com uma energia que desarma. Você é dono de um tanque, de uma galera de rodas, e rema. É embarcado pela manhã, uma vez cintado você aparelha, faz círculos no ladrilhado, e naufraga à noite, inevitavelmente. Você é o único que não me pergunta por que está de partida? Mas quando você parte? Mexa-se! O homem tem que se mexer. Você me conta depois!

Acabo de terminar *Anatomy of Restlessness*, de Bruce Chatwin. Ele escreve maravilhosamente sobre a necessidade do movimento para estimular o espírito, a curiosidade. O sedentarismo engendra o tédio, a esclerose.

Você, o Imóvel, está sempre em movimento, não se arrisca a uma esclerose. Não possui nada e não precisa de nada. É você que diz. Entretanto, mentiroso, li uma pequena confissão sua: "Não preciso de nada a não ser saber que você está aqui. Preciso da sua presença, da presença dos meus amigos, elas me arrastam e me ajudam. Preciso delas fisicamente, em virtude de minha dependência. Não é fácil pretender ser livre sendo dependente." Mas o que é que eu faço, Roland, enquanto você me espera?

Afora as viagens, o que me impede de não ficar perto de você? Estou sendo comido pelo inútil fútil. Um bicho imundo, meu camarada!

Por que não berra mais alto de vez em quando? Por que não me diz esta palavra, meu Deus: *fique*.

E eu que o abandono porque tenho coisas a fazer. Que coisas? Não vejo você sequer pensar bem alto *fique*!

Acontecem casos de surdez, de cegueira, nos sãos! Isso dá medo. Penso no meu pai, que não tinha nada a oferecer senão um grande coração do qual perdera a chave. Um coração que sempre se escondeu no escuro para chorar. Todas as suas janelas ficavam fechadas sobre o pudor. Comunicar-se era indecoroso. Ele não captou nada da vida. Fez o que pôde sem compreender. Quanto a mim, era um meteoro. Teria sido preciso pegar sua mão, tornar-se o filho, pai do pai, dar-lhe um pouco da minha sorte. Teria sido preciso levá-lo por caminhos desconhecidos para ele, ensinar-lhe o desejo, a liberdade reconquistada, mostrar-lhe como retalhar em pedaços a impotência, os preconceitos, os tabus, como desmantelar as couraças.

Quanto a você, está sempre em alerta, ainda que aceite, nunca se desarma. Ele, por sua vez, não sabia, rendeu-se. É a primeira vez que falo de meu pai com você. Entretanto não se passa um dia sem que seu rosto me acompanhe. Não gosto do dia de Finados. Nunca visito seu túmulo. Assim como certas populações da Ilha Vermelha, eu teria preferido tomar um trago na primavera sobre sua lápide, beber um branco seco em sua memória. Isso mudaria tudo. O mármore pareceria menos frio. Não gosto do mármore. Eu levaria as crianças, os colegas e você, sua cara torta, para um piquenique. Lancharíamos colidindo lembranças. Daríamos pontapés no desconhecido. Meu pai está lá porque nada terminou e porque esse pedaço de vida é apenas um esboço, um rascunho. Quero acreditar nisso, é mais romanesco que o reles apodrecimento das carnes. Roland, cubra-se caso desça de sua torre de controle aí de cima, no segundo andar. Ninguém o impede de invadir as pistas. Mas elas estão congeladas, ninguém decola.

A montagem se arrasta, parece-me impossível terminar um dia. Parto para uma filmagem.

Me aguarde que eu volto.

B.

Château de Dampierre, 15 de novembro de 1955

R.

Aqui estou eu de abade, maquiado, leviano, mau, cínico e *Ridicule* ao extremo nesse filme de Patrice Leconte. Há minha cúmplice Fanny Ardant e Jean Rochefort, com os quais a risada é um imposto obrigatório. Aproveito.

É indesculpável ainda não ter ido visitá-lo. Gostaria de ficar em paz, só um pouquinho, umas horas, uns dias. Digo um pouquinho, mas a paz e o repouso me cansam com o tempo, você sabe disso. Não tenha raiva de mim, Roland, partirei a fim de ingurgitar-me do pequeno necessário e do grande inútil. Irei embriagar-me de espaço, de pradarias, aturdir-me. A besta reage, se sacode, estica, espoja, rumina que um colega o espera lá, em sua cadeira, um colega imóvel que se desloca melhor que ela.

Preciso me apaixonar, caramba! Onde está ela? Paris poluída, Paris nublada, Paris a sufoca, Paris nauseada, afogada sob novembro, onde encontrá-la? Devo procurar ou render-me à evidência? Uma silhueta reconhecível, reconhecida e não obstante nunca vista. Finalmente, como todos os homens borboletas, sou muito romântico, gosto das grandes histórias de amor. Não sei vivê-las, tenho medo, então as contorno. Vivo-as por procuração.

Vou fazer o abade, estão me chamando no set.

Um abraço.

B.

P.S. Vou fazer o *Libertin*, um texto que Eric Emmanuel Schmidt escreveu para mim. Bernard Murat vai dirigir. É para fevereiro.

Teatro Montparnasse, 16 de fevereiro de 1996

R.
Estou numa pequena estufa do século XVIII.
O escritório do meu Diderot está atulhado de papéis, penas, tinta preta. No palco, apenas uma luz de serviço. Pouparam-me da "criada lívida". É menos sinistro. Por uma vez na vida, estou bem adiantado. Você sabe quanto tenho horror de ficar à toa antes do pano subir. Pateio como um cavalo antes do Grande Prêmio. Não gosto das antecâmaras, gosto das câmaras. Não gosto dos camarins, gosto do palco. O contrarregra anuncia 20h30. É a primeira vez que escrevo uma carta de verdade no cenário. A cortina está fechada. No fundo da sala, abrem-se as portas. Ouço vozes. Gosto do cheiro dos teatros. Quando eu estava começando, perguntei uma noite a um velho ator do que ele gostava no teatro. Esperava que me respondesse: "Representar, só isso." Ele me olhou no espelho e me disse como uma criança: "O cheiro do pó de arroz, da maquiagem, dos cabelos das mulheres, o cheiro da minha mãe." Na Marinha, eu gostava, a bordo dos navios, dos eflúvios de pintura misturado ao óleo cru. Continuo gostando e, quando subo a bordo de um navio, vou respirar nas máquinas. Cada um com sua droga.

Segundo anúncio: 20h45. O murmúrio da sala se arredonda. É um burburinho delicioso, uma delicada excitação a de uma sala cheia antes da cortina. O silêncio que virá no primeiro apagar das luzes é uma grande esteira sonora. E uma espécie de voo estacionário antes do grande mergulho, para encontrar o acorde que será preciso tocar corretamente até o fim. Mais dez minutos, o rumor é grande na sala. Bom sinal. Sempre tive medo dos pigarros, das salas religiosas. Gosto das plateias alegres. A das quartas-feiras me dá medo. Por que a das quartas? Vá lá saber! Cada dia da semana tem seu público. O da terça é animado, conhecedor, e estamos numa terça, o das quintas é mais discreto, o de sexta e sábado mais desatento, vulgar às vezes.

Gosto da matinê de domingo, do sorriso da velha senhora na primeira fila.

Nem sempre é assim, claro.

Cinco minutos: penúltimo toque. Haverá certamente um certo atraso, como sempre. O pequeno cerimonial vai começar. Verifico os acessórios, cartas de baralho, penas, livros, chave no *robe de chambre*. É inútil, mas isso me tranquiliza, uma tradição em suma. Christiane chega em seguida, no último momento. Amo essa mulher. Ela observa as pinturas, pega seu pincel, faz como se fosse me pintar. Contamos uma piada, um episódio, uma raiva, uma alegria. Testamos o humor. Há uma risada abafada, um casto beijo no momento em que o contrarregra anuncia a iminente abertura do pano. A cada vez, invariavelmente, digo: "Até logo, Christiane Cohendy, boa noite, senhora Terbouche", Christiane me responde: "Até logo, Bernard, boa noite, senhor Diderot", e o pano se abre.

Estou atrasado, Roland, querendo lhe contar minha vida de saltimbanco. Christiane está aqui.

Sei que no camarim-jardim há dois estropiados de Saint-Jean, dois guris da sua classe. Suas risadas me alegram e daqui a pouco irei me lembrar do que você me disse um dia: "A única coisa que me falta no fim do espetáculo é não poder aplaudir."

Saudações, camarada.

Diderot

Paris, 18 de março de 1996

R.

Fui visitar o Gauguin no Orsay.

A "Tatiana de azul" chama-se *A mulher com manga*. Em *A sesta*, há uma adolescente de costas cujo rosto eu gostaria de ver. Gosto muito do quadro que ele intitulou: *O quê, está com ciúmes?*

Ele levou seus amarelos e grenás da Bretanha para o Taiti. Viagem nada desprezível.

Pensei nas Marquesas, é exequível: o avião até Papeete, Air Tahiti para Hiva Oa. Preciso encontrar um tanque leve para você, estilo Pégaso. Mandarei fabricar um arreio para carregá-lo nas costas e escalar as colinas. Não existe asfalto, é só rocha viva e escura. Não há calçada, nem corredores ladrilhados na beira da costa para seu triste Fórmula. Você vai abandonar seu selim, Roland, e virar centauro. Você será a cabeça, eu serei as patas. Levaremos um *tubib*. Conheço um que está chegando do arquipélago. Entretanto uma viagem como essa tem que ser preparada. É preciso escrever nossa história, escolher a estação e, o principal, deixar você em forma: cabeça e pulmão. É um grande salto irracional, como gostamos. É uma viagem implausível, dirão. O Imóvel nas Marquesas, isso é uma heresia. Heresia são vocês, nós partimos.

Belíssima exposição impressionista! Como eu gostaria de pintar! Não me olhe assim! A pintura nada tem a temer.

B.

Dakar, 15 de abril de 1996
Pré-estreia de Caprices d'un fleuve

R.

A tela gigante e suja do velho teatro Daniel Sorano estava rasgada ao meio. Foi oficial e caloroso. A Presidência da República estava presente. Não traí os africanos, parece. Abdou Diouf estava feliz, sua corte de ministros também. Apertei mãos a não acabar mais, e alguns punhos branquelas de funcionários franceses. Avistei com satisfação Abdoulaye Wade. Ele teve tempo de me rabiscar um bilhete que me entregou na passagem. Houve alguns sorrisos perplexos, fotos, e o Sr. Wade voltou ao seu lugar. Eu o conhecera um ano antes. Ele me recebera em sua casa, com sua mulher. Era um feroz oponente de Diouf, em um período agitado pelo intenso ativismo. A tensão em Dakar era forte. Havíamos passado um momento agradável falando do meu projeto. Este abordava a mestiçagem, a diferença, o livro de Albert Jacquard e, claro, de Faidherbe, que admiro particularmente. Faidherbe teve um filho com uma mulher saracolê. Abdoulaye é casado com uma branca. Sua casa é vigiada. Na noite seguinte, ele foi detido e aprisionado. Alguns meses mais tarde, por medida de pacificação, coagido, Abdou Diouf pediu-lhe que integrasse o novo governo.

Escrevo no colo, diante do oceano furioso e branco da ponta das Almadies. Furioso porque N'Gor está nas mãos dos brancos, furioso de ver a fortaleza dos ricaços como um hotel-bunker ao abrigo das rajadas de vento, dos olhares curiosos, da realidade dos outros. O Atlântico ruge e os corvos-marinhos se divertem. Os *petits blancs** também, sem dúvida, mas muito mal. Estou numa pequena ponta de praia polvilhada de pedras escuras.

Estão todos lá em cima, no bunker, na beira da piscina, protegidos fisicamente do mar, isolados da terra, mulheres e crianças misturadas, adolescentes entediadas em seus maiôs já clorados, uma pele sem gosto de sal, o olhar excitado pelos reflexos turquesa. A criança diverte-se na piscina de louça e ignora a porcelana do mar e o *thiof* argênteo. Eles não veem o saveiro jogando e adernando na passagem da barra, os homens, atentos à vida. Que sabem eles da beleza dos corpos que se enlaçam, lá, sob as casuarinas-anãs?

A gorda carne branca desliza na água estéril. Os seios transbordam do nylon amarelo fluorescente e, da gordura, transpira o humor acre. A ironia é um papel de seda que amarfanhamos lentamente até rasgar. Quero dizer que isso é agradável.

Evite-me as carnes quentes e tristes, os gritos-mágoas e as vozes inúteis.

Uma cabecinha curiosa sai da muralha de cimento. Observa por um instante o mar, hesita na areia, aventu-

---

* *Petits blancs*: nas antigas colônias francesas, brancos de condição modesta. (*N. do T.*)

ra-se até a carniça de um pequeno caranguejo, esboço de um esgar, depois desaparece por trás do cimento seguro.

Uma van amarela e azul, como um brinquedo, chacoalha sobre o laterito no meio do lixo. Vem naufragar na praiazinha, uma orquestra escoa pelas portas de trás e pelas janelas sem vidros para se juntar ao bunker. Os brancos vão curtir um pouco a África em conserva. A enganação ritmada lhes é servida sobre um ladrilhado limpo, asséptico. Nenhum risco de contaminação selvagem. Um pequeno enfermo claudica até a beira d'água. Sorri para as ondas mais compridas que acariciam seus pés torturados.

Espremem-se e suspiram na praia retirando-se uma depois da outra. Talvez estejam se desculpando por sua arrogância. O vento, por sua vez, não descansa, vento sudoeste úmido, iodado, carinhoso, sensual. Há um gesto do vento no espaço, um gesto harmonioso, largo, sem lassidão.

O efêmero, eis o que me abala. Um perfume, o sereno. Os flamboyants, as rosas, o instante por definição, a asa furtiva do pelicano, a infância como uma promessa, efêmera também! Esse pescoço de mulher, nu, afilado, acariciado pelo olhar, na expectativa de um gesto, de uma mão febril. O rosto se volta, uma lágrima escorre pela lateral do nariz, depois sobre o lábio debruado oferecido.

É hora de voltar, o mar sobe, os caranguejos também. Esta carta é entregue não aos caprichos do rio, mas aos do correio senegalês.

Um abraço.

B.

P.S. Pequena adivinha africana: o que é que voa e não pousa nunca? Resposta: ver mais acima.

DIÁLOGO

— *Então, as Marquesas?*
— *Não é o paraíso, o Imóvel. Lá eram as carnes sacrificadas, as crenças bárbaras, as guerras tribais. Um perfume de morte, diria Stevenson. Todos eles vieram. O grande livro das nossas terras substituiu o dos maoris, haurido nas nuvens. Só restam as cinzas, apenas os perfumes são eternos. Esses povos não passam de pálidas cópias.*
— *Por que está mentindo?*
— *Não estou mentindo, foi aqui que Mendana desembarcou para celebrar e batizar no sangue as primeiras missas. Mas ele disse: Vocês destruirão as estátuas, abaterão os ídolos e queimarão no fogo suas imagens esculpidas! Nós sufocamos o livro dos tempos ignorantes, sufocamos as memórias. Não convém estrangular uma cultura em prol de outra. Eles não precisam do seu Deus, os Tikis velam.*
— *Quer me dar medo?*
— *Não, meu velho. Vamos ter tempo para espiar as mulheres de pareô azul, dormir sobre as flores brancas. Vamos respirar o* tiaré, *contemplar a barca regressando do Taiti com as crianças sorridentes. Começaremos pelas ilhas do Vento, a nova Citera e Moreia.*

Sotchi, 18 de maio de 1996

R.
Sotchi dá para o mar Negro. Se não é efetivamente negro, é escuro, quero dizer taciturno. É a antiga residência de verão dos dignitários do regime. O litoral é espetado por feios hotéis de cimento, decorados com musgo e mofo, com um ar de esquecimento. Uma água suja pinga dos canos furados. As pontes esqueléticas estremecem sobre suas bases carcomidas. Há barras de ferro em espigas com correntes prendendo navios fantasmas. Tudo parece afogado pelo tédio. Nas margens, que frequentamos com hesitação e um profundo desencorajamento, há pedrinhas cinzentas e montes de detritos. O festival de cinema é parecido com isso, de uma tristeza infinita. É uma lamentável tentativa cultural movida por especulação e ganância. Algumas noites se arrastam. Fala-se pouco dos filmes e muito das hordas bárbaras de Mercedes com adereços em ouro. As louras platinadas chegaram de Moscou e de Leningrado. A máfia trabalha sem discrição. O diretor é um porco russo protegido por leões de chácara com cara de ogro, sujeitos feios. É um festival do baixo clero, baixíssimo. Altercações, estocadas em solidariedade a atrizes proibidas de participarem de um jantar não obstante oferecido em sua homenagem. Provavel-

mente não eram consumíveis, digamos, não negociáveis...
O colega Bohringer mui dignamente deteve meus impulsos cavalheirescos antes do meu previsível assassinato pelos montes de carne acima descritos. Na véspera, atrás das latas de lixo do hotel, encontramos um sujeito com uma bala na cabeça.

Felizmente, houve uma saída ao mercado com risadas de mulheres, a barganha, uma pobreza curiosa. Uma grande ternura por essas pessoas cujo medo está nos hábitos pregressos. Ainda é o medo do poder, da polícia, do vizinho.

Atualmente acrescenta-se o dos mafiosos. Encontrei os chacais da Europa em Sotchi, às margens do mar Negro, financistas, mercadores de armas, chupadores de sangue. Os vampiros estão aqui e o alho não irá resolver o problema.

Parto amanhã com um grande alívio. Ganhei, parece, um prêmio por *Les caprices d'un fleuve*. Não irei recebê-lo.

Postarei esta carta em Paris, você entende por quê.

B.

P.S. Não resisto à vontade de lhe escrever que estamos no avião para Moscou. Duas comissárias, um steward. Não bom dia senhoras e senhores, mas boas-vindas. Miséria indescritível a bordo. Comunicação zero. Sentamo-nos cuidadosamente para não incomodar, esperamos sussurrando, decolamos sem avisar e nossos três palhaços recepcionistas instalaram-se nos melhores assentos para almoçar.

Nós, passageiros, jejuamos, encolhidos em almofadas sujas. Olhamos, resignados, o mar Negro, morto e sujo, sob as asas de um cuco no qual, agora, depositamos todas as nossas esperanças.

Sarajevo, 4 de junho de 1996

R.
É uma filmagem sobre túmulos recentes.
Reina a confusão em toda parte, oriunda da História, de uma obscura e distante realidade. É a guerra ou o prazer do mal, a glória da ignorância, da estupidez. Há a embriaguez do sangue e do aço, um frêmito de morte e, sempre, como em toda parte, a excitação da tortura. Aqui, as crianças cresceram rápida e arduamente. O futuro está nas brumas da incerteza. Não existe mais inocência. As fachadas são máscaras atormentadas, hediondas. As paredes regurgitam um papel estampado vulgar. Há os olhos furados dos prédios, os telhados esgotados, os quintais minados, as lâminas de vidro no corpo das casas. O cimento é esculpido à base de kalachnikov. Há os túmulos no parque, bosques de lanças no sol por trás dos fios amarelos: Milan Kovic (1976-1996), os passos hesitantes entre as minas plantadas por toda parte, como brinquedos. Sarajevo, muda finalmente, exaurida pelos choques, profundamente machucada, aturdida, transformada num gigantesco cenário. Não há lugar para o desespero aqui. A morte ceifou tudo. No entanto, sobre a colina, o poente se enlanguesce, as mesquitas interpelam-

se. O rio Miljacka corre com dificuldade, prudente, silencioso. Namorados enroscam-se perto do cemitério. A eternidade instala-se sobre as pedras brancas. A noite apaga com uma mão de pano velho os impactos de ferro, o sangue sobre o calçamento reluzente e a dor dos rostos. Os cães ladram, mecânicos. A cidade em paz abandona-se, por quanto tempo?

Vivo estes dias de junho em Sarajevo. Fiz de maneira a reconhecer os rostos, a não ser o estrangeiro (no sentido camusiano do termo). Entre estes, hesitantes, espantados, fechados ou ávidos, há essa jovem de uniforme da paz. É fina, elegante. Tem alguma coisa de um animal flexível, de um predador. Está terrivelmente à vontade em meio às feridas. Faço-lhe essa observação. Ela sorri largamente. É sua profissão. Arrasta-me para os lados do Miljacka, para a ponte dos namorados. Conta-me a agonia desse casal, ainda adolescente, atingido por balas quando queria alcançar o outro lado da ponte. Vamos tomar um café em frente à Mesquita num jardim poupado pelas bombas.

Numa manhã de cerração corremos por uma pequena pista de cimento à beira do rio, com a proibição absoluta de nos afastar sob o risco de pisarmos em minas. Há carrocerias calcinadas, telhados desmoronados. Os campos são arados pelos morteiros. Canso da minha guia. Queria ter conhecido as crianças de Sarajevo. Um olhar me bastaria, o tempo de fotografar o esquecimento e o abandono ou de pintar a impossível leveza. Teria preferido ajudar o grande orfanato e que não me respondessem para depositar um cheque ou dólares, de preferência em nome do diretor. Teria preferido não encontrar os gêneros alimentícios do HCR revendidos clandestinamente nos mercados. Teria preferido não ver os imensos Mercedes novos com vidros escuros deslizarem pelas ruas de Sarajevo. Não gostei dos anéis de ouro do prefeito de Gorazde. Visitei essa cidade no fim da estrada como um ponto de interrogação. O enclave bósnio em território sérvio regurgitava de crianças que mergulhavam na água tranquila. Era domingo. Volto lamentando nada compreender.

B.

Cinecittà, Roma — 18 de agosto de 1996

R.
Você fugiu de Paris antes dessas férias calcinantes. Eis-me então isolado de você, uma vez que esta carta é escrita sem saber muito bem quando será lida. É portanto uma inspiração sem destinatário que erra de país em país desde a Bósnia dilacerada até a Itália, dando um tempo na região de Creuse. Esses últimos dias ela estava cheirosa como nunca. Onde está você? No verão, espero, não sofra muito. Lamento um pouco estar na Cinecittà. Gosto muito das externas italianas.

Os pombos rodopiam sobre o Vaticano. Há um voo de gaivotas acima do Tibre. As lambretas irritam como mosquitos. Os carros enlouquecem, os motoristas se xingam. Você gostaria disso. Os transeuntes berram para se fazerem ouvir. Os garçons dos bares esgoelam-se porque é a praxe. Fala-se de amor na Piazza di Spagna. A juventude está espojada nos degraus das igrejas. Mergulhei os pés numa fonte. Uma moça olhou para mim, sorriu. Eu ia calçar os sapatos para segui-la. Um rapaz pegou-a pela cintura. Desapareceram, olhos nos olhos. Seria preciso um tempo para não esquecer uma única ruela, um único jardim, um único pátio, uma única noite desse mundo. Seria preciso não morrer ou morrer imediatamente.

Estamos em falta, sempre. Ficamos sabendo tarde demais quando a memória se escafede. Ficamos sabendo tarde demais, e o tempo urge.

B.

P.S. Contei que o filme que fiz com Sophie Marceau, Timsit e Lhermitte chama-se *Marquise*?

DIÁLOGO

— E essa viagem ao Pacífico Sul, Roland?
— Se a ideia conseguisse crescer sem murchar... É uma crisálida com uma borboleta das Marquesas.
— Atrás da barreira de coral com seu tanque de duas rodas, o nariz nas estrelas, como diria Jacques, você beberia o espaço. Já saboreio a vertigem e o medo delicioso. Chegou a era da borboleta temerária. Persigno-me para esse teste com você e vamos em frente.
— Transformá-lo será mera brincadeira. Precisamos apenas de um esboço mais sério.
— Eu estava lá havia trinta anos, navio ao largo na ausência de cais. Ainda estávamos bêbados das noites de Papeete. O álcool do La Fayette ou do Queen's, o cheiro das mulheres, o tiaré envolviam os corpos quentes dos marinheiros que se lançavam da ponte na água clara.
— Você me falou de uma chinesa que cuidava de você à noite. Uma moça de um romance de Jean Hougron. Ela fazia você dormir com a cabeleira dela na sua barriga.
— Foi realmente isso que vivi? Vai saber o que minha velha cachola decidiu contar.
— O pai dela era oficial da Aéronavale. Era o filho de um indochinês morto em Hanói num acampamento vie-

tcong. *Ela lhe mostrou as cartas dele. Ele ia voltar. O tempo passa.*

— *Os marinheiros às vezes misturam sonho com realidade.*

— *Agora essa moça casou com um chinês. Há muito tempo ela não pensa mais no marinheirozinho do Jeanne.*

— *Ninguém esquece as mulheres. Não irei às Marquesas sem passar por Papeete. O Queen's não existe mais, o La Fayette tampouco, mas ainda existem bares.*

Saint-Denis, ilha da Reunião, 4 de novembro de 1996

R.
Acabo de ler um artigo sobre os Marcos numa página de celebridades. *Como vivem os poderosos do mundo?* Vivem bem, infelizmente. As Filipinas, um arquipélago de vários milhares de ilhas, cenário de *Apocalypse Now* e de um ditador, o mesmo que expulsou dali os comunistas, os muçulmanos e outros menos votados.

Os americanos têm uma tendência funesta a proteger os regimes autoritários. É uma estranha e duvidosa mania desses "democratas", paparicar as ditaduras.

O imperador e sua Imelda decidiram inclusive, compelidos e forçados, curtirem sua aposentadoria no país do Tio Sam. Uma aposentadoria de ditador-general é bastante confortável. Imelda, ex-primeira dama das Filipinas, não contente com sua aposentadoria americana, reivindica seus bens, confiscados pelo povo que ela tanto amara. Não compreende como podem tê-la escorraçado como uma vigarista. O que é probidade? Ela tinha um imenso guarda-roupa, sim! Damas de companhia, sim! Seu marido atirava um monte de gente na prisão, sim! Mas às vezes ela se preocupava com crianças, doentes, visitava hospitais, como Eva Perón. Ele, por sua vez, o ditador-general, fazia doações com o dinheiro dos filipinos para orfanatos ou bancos estrangeiros pensando em sua aposentadoria. Um ditador pode ser obrigado a se aposentar ainda bem jovem. É comum um ditador-general morrer em sua cama rodeado por todos os parentes. É mais romântico que um linchamento. Só o casal Ceausescu não soube negociar com os democratas. Para os outros, foi apenas imprevidência.

Fiz uma escala em Manila em fevereiro de 1966. Há lugares que esquecemos. Sobra apenas um detalhe ou um incidente. Foi o caso do marinheiro em Manila. Ele nunca conhecerá a beleza das ilhas e dos povos pescadores. Assim que alcançou essa breve escala, arranjou tempo para ir até a beira de um rio na selva. Lá as garotas são lindíssimas. Suas risadas esparramam-se pela pedra quente. Repercutem através da floresta, sob as grandes sombras, até aquela montanha lá embaixo, aquele vulcão roxo que um dia despertou e tanto mal causou. O marinheiro tem tempo apenas para um olhar para aquelas filhas da onda. Volta para a costa antes de subir a bordo à meia-noite como Cinderela, quer queimar o dinheiro que sobrou num restaurante chique à beira-mar. Tem apenas dezessete anos, um ar de inocência e seu uniforme da Royale. Esboça um sorriso de felicidade com o pompom vermelho na cabeça, como uma maçã. O apetite de alguns imbeciloides na saída de um cassino, uma declaração de De Gaulle na semana precedente e antes da sobremesa, e ele tem o cano de uma pistola aparafusado entre as omoplatas. Nenhum ruído, ameaças claras e retorno acompanhado a bordo do *Je-*

anne por leões de chácara irascíveis e xenófobos. O pequeno maquinista que não é herói evitou claramente sair do barco no dia seguinte. De toda forma, estava de plantão.

É compreensível que vinte anos mais tarde fosse forte a tentação de voltar até lá para um festival de cinema presidido pela deliciosa Imelda. Um belo lugar estava reservado para o amigo e protetor americano, grande cúmplice anticomunista. O cinema é político nos States, a caça às bruxas aconteceu. *Don't forget it!*

Simpatizante havia alguns anos da Anistia Internacional, resolvi agir no calor da hora. Seria mais eficaz que uma recusa de minha modesta presença no território filipino. Eis-me então embarcado na primeira classe, como um ditador-general, com uma lista de prisioneiros políticos e desaparecidos. A primeira missão é não comentar o assunto com ninguém.

A ajuda preciosa de um homem da embaixada francesa e a cumplicidade noturna de alguns dissidentes ajudam-me a redigir cartas acusatórias aos principais dirigentes do país. Parece-me oportuno desfrutar dos favores de Imelda para com o cinema e lhe entregar uma delas, numa noite de gala. Resta-me abordar Imelda a fim de que a carta lhe seja entregue em mãos. Saio então todas as noites com um casal que conheci por acaso durante um jantar. Ele é negociante de armas e não esconde isso. Ela é dama de companhia de Imelda. Perfeito! É preciso suportar durante três dias os trejeitos dos atores e atrizes americanos, ajoelhando-se aos pés de Imelda para beijar suas mãos. Os franceses resistem. A dama de companhia, tendo visto dois filmes em que eu atuava, faz absoluta questão de me apresentar Imelda. Perfeito, mas peço-lhe que espere um pouco. Tenho que organizar meu trabalho e uma pequena encenação. Todas as noites, janto perto dos funcionários privilegiados. Sinto francamente vergonha, mas a causa vale essa vergonha. Na noite escolhida, espero então a chegada de Imelda como a rainha cuja cabeça eu ia cortar. Como a dama de companhia falou muito do atorzinho francês, sua curiosidade de mulher e de diplomata leva-a rapidamente até nossa mesa. Levanto-me, entrego-lhe minha missiva sem uma palavra, com um sorriso sutilmente perverso que ela deve tomar por simplório. Há flashes. Eu pedira discretamente a fotógrafos da imprensa amigos que estivessem presentes. Acostumada a elogios, ela recebe minha carta como tal. Tenho direito a um convite ao palácio no dia seguinte. Que felicidade! Vejo que ela começa a abrir a carta, detenho-a e suplico que só abra mais tarde em seus aposentos. Ela concorda com meu pedido, corando, e insiste junto à sua dama de companhia para que eu seja levado por bem ou por mal, como um escravo, ao palácio de Malacananng. A imprensa desaparece, os aplausos extinguem-se, a bela Imelda sobe com sua corte a grande aleia do jardim. Se lhe desse na veneta, por impaciência, abrir a carta sob os grandes archotes de bambu, eu seria chicoteado em praça pública ou ela pediria minha cabeça a um guerreiro filipino. Nada disso.

Há frufrus, murmúrios. Rostos escarninhos afastam-se na penumbra. O espetáculo terminou. O pano cai e tenho que encontrar meu hotel. Abandono nesse ponto, após mil agradecimentos, a dama de companhia e seu negociante de armas, com a promessa sacrílega de estar no palácio no dia seguinte para novos ágapes. Volto e durmo em cima da mochila a fim de que não plantem nenhuma droga dentro dela. Não me vejo de forma alguma de férias compulsórias na casa de Imelda. Ao amanhecer, acordado pelo rádio, compreendo que explodiu um escândalo. A bela Imelda, louca de raiva, enganada vergonhosamente por um ator francês, fizera um comunicado à imprensa. Opróbrio sobre mim e sobre a França. Eu ia ser preso, confinado e torturado todas as noites por Cruela, a rainha das Filipinas, que leria para mim até eu morrer a lista dos desaparecidos que eu ousava lhe comunicar e que nunca haviam existido. O fim é mais simples e menos romanesco. Uma hora mais tarde, a delegação francesa, desolada e furiosa comigo, chega ao meu hotel com ordens para me repatriar imediatamente. Minha mochila já está pronta. Fim do episódio. Alívio entre os franceses, um chato a menos.

    Foi o último festival e foram os últimos anos Marcos. Eu não me gabaria de ter alguma coisa com isso, claro, mas tive o prazer de não beijar as mãos de Imelda.

B.

Reunião, 20 de novembro de 1996
Escolha de locações para um documentário

R.
Releio de memória o trajeto, com seus aromas intensos depois da chuva, a cânfora, a citronela, o gerânio. Lembro-me das orquídeas brancas ao despertar, do perfume açucarado das goiabeiras, dos sorrisos, dos olhares. Subitamente, por trás dos bambus selvagens, surgiu aquela choça de palha com o rosto de um foragido, paralisado na espera e na resignação. Ele sorriu, e foi apenas isso que mudou. Guardara uma marca no corpo, no olhar, na atitude do escravo acuado até nas montanhas. Este, como muitos outros antes dele, nunca vira o mar, assim como os do vale dos Taipis nas Marquesas. Nas proximidades, uma criança irrequieta escapuliu. O medo está inscrito para sempre na história deles.

Os demais, embaixo, permanecem indiferentes à memória, vivem o esquecimento da gênese, o da ilha virgem colonizada pelos dramas e sonhos de Eldorado. Ela se parece com uma página de revista. Quem acha que tudo sabe morre sem saber. Na costa, a onda enorme, pesada, arredonda-se para o surfista que desliza sozinho e não pensa. Então os de cima, os herdeiros do sofrimento, capinam seus cemitérios. A ilha é coberta por uma vegetação densa de pandanos, de palmeiras urticantes, de tamarindeiros espinhosos, de aloés, de embireiras.

Me perdi com três homens e uma mulher da ilha. Lá em cima, a bruma é uma verdadeira armadilha. Surpreende-nos numa trilha apagada pelas chuvas. Estamos a apenas dois quilômetros em linha reta do Piton de La Fournaise. Não somos pássaros. O vulcão é uma enorme massa magnética. Nossas bússolas estão loucas, inutilizáveis. Impossível situar-se. Há um vapor espesso, opaco, uma cerração que cheira a enxofre. A tempestade precedente sulcou falésias. É preciso tomar uma direção ao acaso, com a certeza de que um dia ou outro alcançaremos o mar. Caminhamos sobre as raízes de pandanos suspensos em cima de um solo impraticável. A menor clareira é um lodaçal, uma foz de limo que nos engole até as coxas. Partimos antes do amanhecer e é apenas no meio da tarde, num descampado milagroso, que reencontramos um atalho de cabras salvador. Ao crepúsculo, avistamos o mar e tarde da noite descansamos nossas mochilas de lama na beira da costa. Era épico, quase trágico, extravagante e magnífico. Gostei. Eu tinha vivido a mesma experiência na Nova Caledônia, na cordilheira do Mont Panier. Havia a mesma vegetação densa, rente, impraticável e a mesma impressão estranha de girar em círculo infinitamente, que tudo se repetia e que não haveria saída, jamais. Na cordilheira caledoniana, pessoas desaparecem e não são encontradas.

Os foragidos deixavam uma tarefa difícil para seus perseguidores. A ilha não abriga em seu âmago inacessível senão os excluídos, os deserdados que escreveram a terrível história dos escravos negros. Restam as magníficas lendas dos combates de Mafate e Cimendef contra os temíveis caçadores de foragidos, sórdido passado glorificado pela memória vacilante que quer heróis a cada batalha. Tudo isso não está escrito no verso dos cartões-postais. La Morne des Fourches, o Grande Bénaré, o Piton Cimendef ainda se arrepiam nas brumas. Ao longe, o horizonte dividido está sereno, é uma linha reta, azul-escuro no céu claro, inacessível.

Nuvens instalam-se no Piton des Neiges; o vulcão está adormecido. No mar de areia lá em cima, entre as lavas esfriadas, há alguns brotos. A vida recomeça depois do apocalipse. A semente capturou o orvalho. Haverá húmus, depois terra fértil talvez, para essa outra semente alada carregada pelo vento ou pela ave migratória.

B.

P.S. Assim que eu voltar tomaremos uma garrafa e parto para Le Croisic para o filme de J.L. Hubert, *Marthe*.

Hotel de l'Océan, 15 de dezembro de 1996

R.

Nevou esta noite. A luz é surda aos reflexos. O mar é um óleo pesado que o coração congela na beira da praia. Não há nem céu nem oceano, apenas duas gaivotas entorpecidas pousadas no pano de fundo. As poças congelam na maré baixa. Os caranguejos são prisioneiros do gelo. Os corvos-marinhos esgoelam-se. Os pescadores estão nos frigoríficos. É um filme em preto e branco esquisito. Mas quem for atento descobrirá nele verdes-escuros e azuis-carbono. As aves da praia estão encolhidas, imóveis, à espera de um sol improvável. O dia não passa de uma réstia de lua sobre a geada noturna. Esta que voa para procurar a vida plana acima do luto. Seu grito é um chamado sem resposta.

Há duas pequenas manchas de tinta sobre a página branca, duas gralhas desgrenhadas.

Que faz você neste dia, nesta hora, no grande livro aberto nesta data de 15 de dezembro de 1996?

Este zumbido surdo é o despertar do mar, uma esperança de luz.

Eis que os verdes e azuis-escuros iluminam-se pouco a pouco. As gaivotas se espreguiçam. A neve derrete nos telhados. As gotas tilintam no zinco da sacada. As cadeiras de verão entediam-se. As faxineiras correm pelos andares, jogam a roupa suja em cestos. Um postigo estala. A letargia perde terreno. O apocalipse não é para amanhã.

B.

Le Croisic, fevereiro de 1997

R.
A única coisa que imagino ao contemplar o mar é um grande navio vindo do largo, as vergas congeladas. É um fantasma bêbado retornando da Irlanda ou de Saint-Pierre, com o precioso bacalhau em seus porões.

Os marinheiros estão de volta, o inferno ficou para trás, a miséria à frente. Um vento de espinhos rasga as peles. A memória está entorpecida, a morte esquecida. Os olhos ficam quase cegos quando surgem o litoral familiar e os casacos das mulheres. Estavam fora há seis meses.

Em um pífio dia de filmagem a quinze graus negativos, estamos na pior. Há pardais sobre o ombro de um calvário, um céu de zinco velho, uma boia sinalizadora à deriva. Os dorsos escuros das pedras lembram cachalotes naufragados.

Temos aqui um personagem do grande livro com uma cabeça de galináceo amuado observando o espetáculo do inverno. Cacarejo, solitário, à passagem da gaivota. O olho da galinha fitou o largo com estupor. O mar expele fumaça. Um excremento quente cai sobre sua crista.

Ela ri, a louca! As carnes chacoalham sob um casaco preto. Um grito ao longe a paralisa.

Ela se volta. Um velho pergaminho de homem a chama. Ela espadana-se.

O galo octogenário berra. Ela volta para o galinheiro.

O velho mija na neve recente. Sai fumaça da mancha amarela. A criança ri por trás da janela. O velho guarda seu material congelado.

— Abotoe-me, bom Deus!

— Vai ficar aberto, Germaine, estou com os dedos dormentes!

— Você vai mijar para dentro.

— Não, isso me lembra quando eu era criança em 1923 e continua bonito como em 1954, lembra?

— Lembro muito bem, não era bonito!

— Nós patinávamos nos charcos!

— As pessoas morriam, duras como pau.

— Você me enche o saco, Germaine, vou tomar um trago.

E o velho, braguilha aberta, cambaleia até o bar. A bruma o envolve. Ele desaparece. Um cão tirita ao longo do muro.

Isso não me consola, sei que do outro lado, no hemisfério sul, há um velho à sombra de uma bananeira. Ele descasca uma manga fresca. Sua canoa balança, lasciva como uma mulher na onda, uma canoa vermelha e amarela com uma linha azul-escura. Sua Germaine, por sua vez, espanta as moscas. Ela canta. A criança que corre, lá longe, deteve-se bruscamente. Recolhe alguma coisa na areia, um cartão-postal amassado com selos da França.

Ela não sabe que está escrito: *Estamos congelando aqui, daqui a pouco é o aniversário de Roland, não se esqueça! Um beijo!* A criança observa a imagem: um surfista na neve fina de inverno. A figurinha está feliz da vida, ela que nunca tinha visto neve.

Cada um com seu tesouro!
Um abraço.

B.

DIÁLOGO

— Está me vendo com o tanque cheio de areia, com a cabeça cheia de histórias, com Brel cantando no vento de Hiva Oa? Você me contará suas escalas no mar do Sul, o quepe de banda, maravilhado com a viagem. Leve-me com você!

— É um lugar liso e sem obstáculos.

— Eu não ligo, conte-me histórias, sei que às vezes você inventa, que reescreve o passado, que transforma a memória, mas é a sua história. Sou capaz de acreditar que você estava lá.

— Nunca tive aptidão para a felicidade. Você, por sua vez, me informa. E as suas histórias?

— O mais difícil é não paralisar o silêncio, deixar-se levar. É uma borboleta que confunde a memória. Assim que ela pousa, gostaríamos de capturá-la. Mas ela sempre escapa. E se fizéssemos uma verdadeira caça aos silêncios, dar-lhes-íamos cores, como Rimbaud com as vogais. Um silêncio púrpura! Um silenciozinho azul, um silêncio branco peçonhento, um silêncio verde acima dos pântanos etc.

— Prefiro uma caçada à emoção, uma emoção azul...

— O que é, para você, uma emoção azul?

— O medo!

— *Não para mim.*
— *Bom, já estou cheio das suas cores, vamos lá?*
— *Vamos lá!*
— *Vamos lá.*

La Rochelle, 2 de junho de 1997

R.
O filme de Moussar Touré vai começar sem mim.
Lá é a estação das chuvas. Vou gostar.
Você morre de calor, eu sei.
Eu devia ter passado no domingo. Não tenho desculpa. Você espreitou meus passos. Seus soldados, por sua vez, vieram.
Continuam a vir.

B.

Bandafassi, a leste de Casamança
15 de junho de 1997

R.

Esta manhã ela entrou na minha choça como em sua cozinha, eu estava quase nu em pelo.
— Como se chama?
— Mouna.
— Quer falar, Mouna?
— Não, fazer a faxina. Mas posso falar também.
— Falaremos depois.
— Não, depois tenho mais faxina.
Sonhador, não me desarmo.
— Tenho que comprar pano azul e um anel.
— Para quem?
— Para uma amiga.
— Quer que eu seja sua amiga? — Ela ri, infantil.
— Você me dá o anel de presente, barganho para você.
Ela se debruçou para colocar a sandália. Sua bunda era redonda, rija, sob o pano esticado a ponto de estalar. Sonhei ser uma almofada, meu velho Roland. Não me odeie por isso...

Não é seu aniversário, não é sua festa, mas quero que seja. Sugiro, para começar, uma viagem de piroga pelo Gâmbia marrom, depois das chuvas. Em seguida, uma temporada entre os Bassaris e os Bediks. Depois, uma visita aos leões de Niokolo (por ordem de chegada). Algumas fatias de mangas tépidas engolidas no calor. Depois, é com você. Aconselho-o a pegar tudo. Conciliábulo com Diaye, um encontro inesperado às margens de uma trilha vermelha impregnada de chuva. Perfume de hortelã de madrugada, de laranjeira ao deitar. Um bando de *golos*, macaquinhos cinzentos e brancos no capinzal alto.

A sombra de uma alfarrobeira, uma águia nos ascendentes. A pedra quente e esguia de um penhasco esquecido. A travessia arriscada de um barco aleatório depois do temporal. O céu de algodão preto. Um caminhão na barriga, fratura exposta, o eixo como um fêmur. Uma van abre caminho ofegante, lama na cara. Militares nos sulcos da estrada, como insetos nas geleias de abacaxi. Um transistor que zumbe, uma voz abafada. Pequenas refeições sob a barraca escaldante. A água fresca da salvação. A laranja-lima. A aldeia sobre a montanha, inacessível aos veículos. A caminhada penosa para merecer o círculo das choças, a mulher nua desde os primeiros dias, o sorriso da ignorância, a inocência que desarma, a infância desorientadora e frágil como a luz sobre o capim fluorescente. Os sortilégios, a turvação das crenças, a abolição das certezas. A mesquita inútil como a igreja, no fim do campo de Kedougou.

Filmo para você, com sua memória, o homem que vem de bicicleta de lugar nenhum. Tem um saco de arroz no guidão, uma criança atrás que ri como no carrossel. O mercado de Kedougou, os eflúvios hesitantes.

Não há senão fragmentos repetidos, sem desejo de desconhecido, sem curiosidade, com medo do conhecimento. Nada se mexe, e no entanto... As aves de rapina giram eternamente em círculo.

Fui até a colina visitar os Bediks. Eles estão bem longe, nos primeiros instantes da vida. Não sei o que lhes dizer. Tampouco eles, que beleza! Eles me dão uma laranja. Sorrio, eles também, já está melhor. Tentei explicar-lhes que vira macacos nos rochedos. Senti-me tão ridículo quanto se houvesse visto coelhos no baixo Berry. Eles se esconderam atrás das pedras escuras. Eu via suas cabecinhas irrequietas aparecerem e desaparecerem no sol. Você teria gostado. Pareciam flechados com um dardo de curare pelos ianomâmis da Amazônia. Suas peles são curtidas numa treliça de madeira. As mulheres roem a cabeça e as patas. Os ossos são amarrados no alpendre da choça em homenagem ao caçador.

Não vi cobras. Entretanto há muitas. Provavelmente têm medo dos brancos.

Numa pista, havia carros à espera. Caminhões capotados obstruíam a passagem. Durante longas horas, não vi ninguém impacientar-se. Perambulei subindo a fila. A porta aberta de um 44 me permitiu ver uma perna, esguia, magnífica. Sua proprietária não ficava atrás. Sorriu enquanto eu admirava sua mão, comprida, delicada, abandonada na coxa nua.

Fiquei de tesão, Roland.

B.

Kedougou, Senegal oriental, 21 de junho de 1997
Filmagem de TGV

R.

Uma vasta mão de água esbofeteia uma estátua de homem, de pé no barro de origem. Ele opõe um olhar de resistência, como um torturado impassível. É a fascinação da impotência de olhar a epilepsia do tempo. É uma tempestade africana em vermelho e ouro. Há esguichos aquáticos que não sabemos se vêm do céu ou da terra.

Há uma mulher envolvida em azul. A água escorre sobre seu rosto submisso. Ela enxágua sua roupa suja, puxando-a de uma imensa piscina de rosas verdes. Faz isso com cuidado, com gestos mecânicos e calmos. Desdobra a trouxa multicolorida que se abre como uma bandeira excessivamente pesada, pegando-a depois com duas forquilhas de bambu sob a chuva quente.

Estou nas margens do Gâmbia de Kegoudou pela manhã, um instante sob o céu pesado da invernada. O rio é uma droga doce, apaziguadora. Há esse perigo obscuro de ser tragado, digerido pelo tempo abolido.

Nada é estranho. Somos árvore, rio, múltiplos ao mistério familiar. Em seguida, pouco a pouco, a chuva diminui. Há uma luz de cristal. O corpo se mexe e o tempo se entrega. Somos realidade de volta ao visível.

Uma criança na pista espera diariamente nossa passagem. O motorista pega com ela seu leite e três espigas de milho. O menino é meigo, sorri timidamente. Faz um gesto com a mão até desaparecermos. Comprei pão junto a um forninho de barro. Dois mouros tocam uma vendinha. É um barraco pequeno e escuro. Tábuas apoiam-se sobre galões de óleo. Há xampu Do e sabão Camay, arroz a varejo e biscoitos de coco. Desencavei sob a poeira uma lata de sardinhas do Marrocos, uma velhíssima lata amarela e vermelha. Enfiei as sardinhas no pão aberto. Estava gostoso. Tomei *bissap*, o suco do hibisco, do embondeiro também, feito com a fruta do baobá. À noite, a mata conta histórias que o branco não compreende. O branco gosta muito de achar que é um pouco africano. Ele inala as primeiras manhãs dos homens. Tem razão no fim das contas, somos todos da mesma espécie. Embriaga-se então de suas origens com o cheiro da lenha queimada, da hortelã, das sementes esmagadas. Vem um pesado perfume adocicado, indefinível depois do aguaceiro. Isso abala o *petit blanc*. Ele observa a equipe agitar-se ao longe. Pergunta-se por que fazemos cinema aqui. O *tubab* faz cinema na casa dos negros e os negros fazem cinema com os brancos. Os negros da mata não fazem cinema. Observam os negros da cidade. Invejam-nos sem saber.

Não compreendem por que eles se divertem com tanta seriedade.

Há uma choça da qual sai uma fumaça. Não há chaminé? Não. As crianças tossem esfregando os olhos.

Há uma aldeia do outro lado da montanha azul, o Fouta-Djalon, para o leste. Uma adolescente chegou amparada pelo irmão.

Está muito fraca. Tem um tumor no seio. Onde está o médico branco? O *tubab tubib* observa, apalpa. A jovem faz uma careta, mas se entrega, o feiticeiro branco é uma mulher. É preciso levá-la para Kedougou. Tem uma chance? Talvez! Já é tarde.

Um caminhão irá levá-la. O irmão não se mexe, não compreende. Alguém traduz. Você vai com ela? Não, retorno para a aldeia. Quando ela volta? Não sei. A moça chora. Todo mundo acha que vai morrer.

O velho que traduz mantém-se imperturbável. Fala-nos de seus filhos, que fazem estudos importantes em Kedougou. É loquaz. Fala sobre seu rebanho, o milho, suas mulheres. Gostaria muito de ir no caminhão com a moça doente. Tem que procurar uma terceira mulher, nas margens do Gâmbia. É uma peul do norte. Sua primeira mulher é muito velha e ele repudiou a segunda. É bonita? Como minha filha caçula. Têm a mesma idade. Vão se entender muito bem.

Voltamos à noite com a pequena doente. Os faróis varrem a chuva. A pista tem buracos que são precipícios; o caminhão atola. A ponte está debaixo d'água. Estamos muito cansados para ter medo. Preparo-me, em todo caso, para pular. Isso passa. A jovem sofre. Nada a fazer. No caminho, na luz dos faróis baixos, uma velha capenga com uma muleta de plástico. Volta-se lentamente. Seus olhos são brancos. Estica a mão para o caminhão que solta fumaça. O motorista buzina em vão. A velha está paralisada na lama, a mão em oferenda. Ele desce segurando uma placa de zinco sobre a cabeça. Conferencia com a velha. Agita-se, fustigado pela chuva. Pateia. Apenas conferencia. Volta para a boleia, pega duas bananas, pede moedas.

"É a cega de Goro Goro!" Acha uns centavos que entrega à velha. Ela agradece com a boca retorcida. Sua mão está fechada sobre as moedas, seus olhos brancos fitam os faróis.

O motorista leva-a até uma árvore morta; ela parece crucificada sob a chuva. O caminhão a ultrapassa, ela some.

— Ela está atrás do filho.
— Ela não tem filho, ele morreu há muito tempo.
— Não sei. Ela disse: "Meu filho deve voltar com as chuvas." Eu lhe disse que o momento então era este!

Todo mundo riu.

Uma noite, houve um céu de estrelas. Alguém tentou lê-lo afastando a lona. Eu cochilava. A viagem poderia ter durado uma eternidade. Há alguém cantando na beira do rio. Uma mulher provavelmente, que embala as horas. Eis um pouco desses dias passados em Kedougou com a sombra rápida dos rabos-de-palha nas savanas.

Um abraço.

B.

P.S. Aumenta o alvoroço em Kedougou. O filme de Moussa é caótico. Às vezes há alusões psicológicas. As paixões e os poderes se digladiam. O cinema é um planeta esquisito.

No navio Dakar-Ziguinchor
Duas horas da manhã. Junho de 1997

R.
Volto do passadiço, difícil pregar o olho. Gosto da noite nos navios. A voz tranquila do oficial de plantão no silêncio cúmplice, atento. Há o ranger dos instrumentos de bordo, o anúncio dos recifes, a língua de areia. Margeamos as costas do Senegal e da Gâmbia. O dia amanhecerá na entrada do estuário de Casamança. Conheço as praias, as ilhas, a profundidade do quebra-mar. Vislumbro ao despontar do dia o grande mastro de ferro de Diembering, a praia quase imune às ondas da ilha de Karabane. Mais adiante, é a ponta Saint-Georges, o marimbu de Diouloulou. Haverá pirogas marítimas com agulhas para voar como grandes peixes-espada. Espero essas horas com felicidade. A noite estira-se com a maré. Venho acender um cigarro para você. É o momento propício para uma conversa fiada. O barco estala.

Três horas! Desculpe, cochilei. Conversei com você, entretanto. Eu resmungava que o marinheiro bêbado de mar titubeia nos primeiros passos. Durante dias ele foi embalado, nauseado, num balanço soporífico. Não houve tempo de se embriagar com a terra. Ele esbarra com as moças fáceis. Colide com vidros como se fossem rostos.

Se a violência de uma cultura não o interpela, ele continua cego. Conserva tão-somente marcas frágeis sutilmente esboçadas. Procura então outra violência, mais imediata, uma maneira de sacudir o rocio, as noites de estrelas que cobrem seus ombros. Ele ginga rumo aos gineceus dos portos muitas vezes sem saber que há um país em volta. Só restarão algumas fotos tiradas pela memória e não será mais surpresa para ele se elas não se assemelharem ao que aprendemos nos livros. De certas partes do mundo, nada resta senão a primeira e a última imagem dos portos. Para mim, o México é Veracruz, lá onde Cortez desembarcou pela primeira vez. É a grande praça, o Zocalo, onde, quando anoitece, as moças passeiam numa direção e os rapazes na outra. É um jogo. Como falenas, eles giram até o encontro fortuito.

O México é também a mulher de mantilha preta acompanhada por homens taciturnos e deferentes. Senta-se sozinha a uma mesa do café San Lorenzo. Os homens permanecem de pé. Ela acena para os mariachis, que já tocam por entre as mesas. Eles precipitam-se curvados sob os instrumentos. Ela murmura. O maestro lê em seus lábios o que ele já sabe.

Os jarocos e mariachis tocam então uma romança dilacerante que a *plaza* inteira escuta religiosamente. Um caso de amor rompido pelo destino, que deixara um rastro eterno no coração da mulher abandonada. Talvez seja um péssimo filme mexicano, mas a atriz é magnífica, ainda que não seja Maria Felix. Os dois marinheiros sentados em mesas do café San Lorenzo bebendo Noche Buena só tem olhos para essa mulher sofrida e bela. Velada sob a mantilha, é ainda mais bela. A história que eles imaginam é bem mais forte que o roteiro original. Sei disso, eu estava lá.

Para o marinheiro, a América é 'Frisco, o Chile, Valparaíso, a Austrália, Sydney, Perth, ainda que ele nunca tenha visto a mata, os aborígenes ou a grande cratera. A África do Sul é a Cidade do Cabo, Durban, e ele não conhecerá as dunas da fronteira da Namíbia, as minas de ouro do Transvaal e as grandes reservas do norte. Pouco importa, ele procura a agitação dos portos, os sonhos que se contam nos balcões de bar. Fora de seu elemento, procura a mistura, as cores de pele, o terceiro sexo, o dos loucos.

Estou com sono. *Bou dion dion, benike*, está tarde, até logo. Dessa vez, foi diola. Até já.

B.

Karabane, 2 de julho de 1997

R.

Espero um saveiro. Penso em nossa viagem aos mares do sul. Será preciso tempo. Você terá levantado a âncora, esquecido de que há sempre um barco à minha espera.

Você, que me fala das Marquesas na rota dos maoris que as correntes carregaram até o Taiti, depois mais para o norte até as ilhas Sandwich e Havaí, não conheci Honolulu, se não as havaianas louras *made in* Frisco. O que resta das belas maoris de Waikiki senão carne para soldados do Vietnã em convalescença? Mais que as mulheres, eles cavalgam as ondas do Pacífico, os soldados loucos sobre os quais se dizia que era preciso sacudir os travesseiros para acordá-los, evitando assim a punhalada. Não se toca num soldado adormecido.

Eram dois num Buick amarelo conversível. Pegaram a gente para um programa. Contemplamos as moças da beira do mar de Waikiki Beach sem tocá-las. Fumamos uma mistura de ervas. Nenhuma palavra para se comunicar. Com uma fúria insaciada, eles tinham vontade de queimar tudo, imediatamente. O carro atravessou uma ponte de madeira, tacatacatac. Deitaram-se no banco, o carro continuou sozinho. Levantaram-se bruscamente e, como dementes, imitando o barulho de uma metralhadora, atiravam em tudo que se mexia à nossa volta. Traumatizados pela vida. Ninguém se espantava com isso, exceto nós, que não compreendíamos nada. Eram pouco mais velhos que eu. Não vi nada do vulcão, da vida havaiana, senão esse enclave de miliardários americanos em Waikiki Beach.

Só levei para bordo o perfume das mulheres, adocicado como a aguardente dos bares. Às vezes não armazenamos nada e temos pressa de aparelhar com um vento forte para limpar tudo isso.

A bordo, no refeitório, os veteranos, sem erguer o nariz de seu par de ases, faziam perguntas. Não se deixavam ludibriar por nossas respostas e nos asseguravam que também haviam feito um programa formidável. Bastava contar as canecas vazias. Abriam então as últimas cervejas, a saideira, como se diz, uma maneira de confraternizar.

Mas nunca irei esquecer meu primeiro amor em Wellington, a japonesinha de Kobe, Diego como um corpo morto e as manhãs gloriosas nas ilhas do Pacífico.

B.

Cabo Skiring, 5 de julho de 1997

R.
Tenho uma cabana escondida nas buganvílias em frente ao oceano. Estou na casa do amigo Christian em meio a alamandas, helicônias, cipós-de-são-joão. Há também caliandras, pompons de marujo. Divertido para um grumete. No Diola, entre Dakar e Ziguinchor, levei-o até Honolulu e não lhe falei da dama de Balboa.

Foi no Havaí que terminou para um grumete aprendiz de chefe-eletricista uma louca história de amor iniciada um mês antes em Balboa, após a travessia do canal do Panamá. É uma história de marujada. Os oficiais não faziam a gentileza de me contar suas aventuras. O cabo conhecera uma jovem bonita e rica da sociedade panamenha. Ela possuía uma *estancia* gigantesca nos planaltos do país. Eu nunca soube se era de fato jovem e divinamente bela. Quero acreditar nisso, mas com certeza era muito rica. Dá para sonhar. Pouco importa, ela estava apaixonada pelo marujo. Ele não era Cary Grant, mas era boa-pinta, uma espécie de elegância animal com um sorriso soberano e irresistível. Foi conquistada. Ele caminhava na rua. Ela pediu ao motorista que parasse. Berrou por ele. Ele julgou ser uma brincadeira. Ela insistiu. Ele aceitou. O cabo tinha talento para a aventura. Passou os dias de folga na grande *estancia*. Bebeu sucos de frutas do paraíso, filtros de amor, cafés *con leche*. Comeu carnes saborosas, fez amor, provou das carnes da dama e descobriu o prazer. Ele era voraz, ela também. Madame acompanhava seu marujo a bordo num Buick branco e prolongava os beijos além da sequência autorizada pela censura. Os oficiais, do portaló, num branco imaculado, zombavam discretamente, como oficiais. Invejavam ferozmente aquele grumete janotinha que entretanto não participara, em função da patente, de nenhuma recepção oficial com os diplomatas e as grandes famílias do Panamá. Eles, sim, e não se operara nenhum milagre.

O Buick era lindo. A mulher permanecia na sombra. O motorista abria a porta para o cabo. Uma mão delicada escorregava lascivamente pela manga do dólmã branco listrado com três galões azuis. Ela demorava-se um instante, roçava a mão do grumete, depois fugia para dentro. Sonhávamos.

O cabo subia a bordo sob uma salva de assobios, assediado por perguntas às quais respondia evasivamente. O homem não era nem fanfarrão nem falador e guardava um mistério que estava além dele. Deixamos Balboa e fomos para São Francisco. Doze dias ao largo da Costa Rica, de Honduras e da Guatemala, o tempo de perceber uma linha hesitante no horizonte que podia ser o México. Depois foi a Califórnia, Los Angeles e finalmente a cidade grande do oeste no fim da Golden Gate. O *Jeanne d'Arc* chegava à baía de São Francisco. Eu não estava de plantão e, como todos os marujos do mundo, esquadrinhava com apetite a nova terra que abordávamos. Um hidroavião rodopiava acima do navio. Afastou-se na contraluz, voltou bruscamente bem próximo e amerissou a meia milha da esteira de espuma do *Jeanne*. Manobras de cais, chamados, toques de clarim, assobios, descida do portaló, plantão. Dispensados e assim por diante, como uma rotina assumida, imutável, estabelecida sem falhas, para a qual um deslize qualquer seria um grão de areia desestabilizador da máquina, uma ferida na rigidez das estruturas. A coisa funcionava assim, e muito bem. Sempre fui rebelde a essa ordem impecável, mas, muito estranhamente, ela me fascinava e às vezes eu sentia até mesmo um certo gozo ao me pôr de sentido. Havia um regozijo intenso em ser trezentos ou quatrocentos marinheiros oficiais de branco, alinhados por posto e por arma na pista de decolagem fustigada pelo vento marinho, as calças e colarinhos azuis estalando como pavilhões. A embarcação subia a marola e eu sentia uma força solidária, um impulso coletivo. Mas, se esse orgulho pode parecer imbecil, ele é real. Queira ou não o indivíduo. Mesmo que este faça troça e pregue o antimilitarismo, está no fogo e tem que se queimar. O homem é feito assim.

Isso é provavelmente perigoso, infinitamente ambíguo. Esse estado inibe toda a lucidez, e os grupos, as massas assim fortalecidas, vão direto para o precipício. Estou sendo cacete? Está certo. São velhos resíduos que ainda me perturbam. Esqueci o grumete eletricista perdido na fileira dos que estavam de folga. Debandar.

Ele desceu o portaló. Uma porta de limusine abriu-se e ele enfiou-se por ela. A dama de Balboa tinha tido tempo de desembarcar de seu hidroavião, reservar um hotel, alugar aquele suntuoso automóvel e superar os obstáculos, entrando na fechadíssima base norte-americana.

Uma mensagem chegara a bordo antes de fundearmos. O cabo permanecera silencioso numa surpresa que o deixava sem voz. Não saíram do hotel. Ele não viu 'Frisco. Cumpriu seus plantões na sonolência. No dia da partida, o hidroavião rodopiou duas vezes acima do *Jeanne* e desapareceu rumo ao sul.

Honolulu ficava a sete dias de mar. Aproveitaram para me enforcar, numa tarde modorrenta, quando nos aproximávamos dos trópicos. Era uma brincadeira de bêbados para dar medo aos calouros. Eu mal respondera ao veterano sem patente. Eu era o mais jovem grumete a bordo e suficientemente tímido para lhes dar ideias. Tímido ou não, eu não sentia vontade alguma de perpetuar a tradição do barril e satisfazer aqueles três alucinados. Defendi-me com insultos e golpes. Bati às cegas sem técnica. Era totalmente ineficaz.

Infelizmente, havia apenas quatro imbecis na sala, eu e os três matadores. Os demais estavam de plantão ou cochilavam na penumbra dos baileus, ninados por um mar de azeite. Sonhavam com as ilhas, uma das mãos entre as pernas. Depois de algumas sevícias e percebendo que a tarefa era difícil, decidiram me pendurar no meio da sala da tripulação. Prenderam meu cinto nos canos do teto e tentaram passar minha cabeça pelo laço. "Com o seu cinto, será um suicídio", arrotava o mais alto, cambaleante. Foi a minha sorte. Eles precisaram de tempo para me içar até o laço. Eu me debatia e teriam que me matar.

Não o fizeram. Ofegavam de raiva. Zombavam esmagando meus testículos. Eu tinha as mãos amarradas nas costas. Terminaram por me estrangular e me pendurar. Eu estava suspenso a trinta centímetros do solo dando furiosos chutes à minha volta. O cinto comprido me pegava pelo queixo e o estrangulamento era torturante. Um tenente, alertado pelos meus gritos, pôs ordem no recinto sem procurar compreender e sem fazer relatório. Não fiz queixa. Isso não é coisa de homem.

Comecei o boxe inglês e um treinamento de cão a partir do dia seguinte.

O navio, por sua vez, prosseguia sua rota em direção às ilhas Sandwich. O Havaí é uma bela ilha vulcânica. Vimos o que viu Cook em 1778 e o que viram os taitianos em seus *tikis* muito antes de Mr. Cook.

A bruma do mar pela manhã é um croqui, uma pincelada ainda desajeitada no horizonte. Em seguida, ao longo das horas que iluminam, o verde nasce da luxúria das colinas, do negro dos recifes e do lábios brancos da espuma, como um colar. Um arquipélago de pérolas sobre o Pacífico sul. O marinheiro se evade. O porto de Honolulu renovara sua frota e, apesar da originalidade do nosso porta-helicópteros, concebido para atravessar nuvens atômicas, não éramos senão um navio de guerra entre navios de guerra. Um pouco mais longe na direção de Waikiki, na baía dos civis, um hidroavião pousara na água turquesa.

Foi o fim do romance entre o marujo e a dama de Balboa. Vejo isso em seus olhos. A história era plausível em duas escalas. Na terceira, tornava-se um caso, um relacionamento. Um marinheiro não tem relacionamentos, afora o mar. É um descobridor empedernido. Jura nunca esquecer uma mulher que conheceu num porto, que amou apaixonadamente. Chora perto da âncora, como diz a canção, as duas ou três noites que se seguem à sua partida, mas, uma noite, o mar engolfa-se para embaralhar as imagens. Desliza ao longo do casco, solta grunhidos em sua fuga, harmoniza-se em curvas regulares e ondula até o infinito. Hipnotiza, e o marinheiro adormece. Ao despertar, ele espera com impaciência o pássaro anunciador e os perfumes que a terra vindoura deixou escapar.

A dama de Balboa havia feito uma escala a mais. A despeito de seu amor, de sua beleza, de seu mistério e de seu dinheiro, não conseguira conservar o marinheiro que vira um dia, se acabando de rir, numa rua de Balboa. Ela se detivera e o amara. Um mês mais tarde em Honolulu, após uma noite de amor, ele lhe fez compreender que seu hidroavião estragava imensamente a paisagem do inesperado.

Saudações.

B.

DIÁLOGO

— *Tenho boas notícias para nossa heresia marquesiana. Teríamos que partir em abril.*
— ...!
— *Uma leva de tropas será deslocada para o Taiti. Haverá uma escolta de esquadra ou uma draga de minas que pode nos levar até o arquipélago. Você se dá conta, espero, da amplitude dos meios mobilizados por um paralítico no Pacífico.*
— ...!
— *Não se rejubile. Trata-se de nos aproveitarmos de uma missão humanitária e, para mim, de fazer um filme sobre as tarefas realizadas pela Marinha nacional. Tudo para voltar trinta anos atrás, passar minha memória no revelador. Contanto que as fotos saiam boas. Você verá que o refeitório dos grumetes é diferente da cantina de Saint-Jean.*
— ...!
— *Descobri uma foto do barco de R.L. Stevenson tirada na Ilha de Páscoa antes de fundear nas Marquesas. No meu caso, era no* Jeanne d'Arc, *golas azuis e pompons vermelhos. Você vai gostar!*
— ...!
— *Vou fazer um treinamento no Equador. Depois parto para cinquenta apresentações do Libertin em turnê e volto no fim do ano para espantar suas pulgas.*

Quito, 12 de setembro de 1997

R.
Equador: condensado da América do Sul.
País dos vulcões: Cotopaxi, Chimborazo, Riobamba. Civilização pré-colombiana de três mil antes de JC, invasão dos incas, deportação das populações canari. Apogeu de Tupac Yupanqui, o conquistador, delírios de Pizarro. Atrás do hotel Quito fica a estátua de Francisco Orellana. Foi daqui que ele partiu para sua aventura amazônica. Vi o Amazonas em Belém e Manaus, onde, numa miserável brigantina fabricada por seus soldados, Orellana, após um ano navegando a esmo, alcançou o Atlântico. Humboldt veio vadiar por aqui.
A catedral de Quito contém ouro suficiente para pagar toda a dívida latino-americana e mesmo assim o país chafurda na inflação, no desemprego, na poluição e na delinquência. Você teria dificuldade para respirar aqui, é muito alto, três mil e setecentos metros. A Pan-americana é uma fita esfumaçada onde espocam motores resfolegantes.
Ontem, travestis assaltaram um amigo com um estilete. Ele teve muito medo. Comprei uma verdadeira falsa antiguidade, uma pequena clava de pedra com a qual

golpeavam os prisioneiros antes de sacrificá-los ao deus Sol. Seu peito era esculpido e seu coração, arrancado. Devia ser muito louco.

A moeda, aqui, é o *sucre*, do nome do marechal que venceu os espanhóis. Açúcar, para uma moeda, é para derreter. Desci o rio de caiaque até Esmeralda. É uma cidade-lixeira. Teria preferido conhecer Cuenca.

Ia esquecendo o essencial, o Equador é a verdadeira pátria do chapéu mais célebre do mundo, o panamá. É também a pátria dos pintores Guayasamín, Kinghan e do muralista Geguez. Espero que isso lhe interesse.

Sei, atropelo. Tudo isso vai um pouco rápido, mas às vezes preciso de um galope.

Saudações!

15 de setembro de 1997

Quito exala uma fumaça acre como o sopro dos vulcões. Os caminhões expelem volutas negras.

O táxi do *amigo* também. Berra com a buzina e os freios.

— Você é branco? Já eu sou mais rico que você. Sou branco e índio. Branco de diversos brancos e índio, índio daqueles de antes dos brancos. Comemos o mesmo frango, *señor*, mas não com a mesma frequência.

O inca chegou, venceu, o espanhol veio, venceu o inca, que venceu os canaris, os aymaras... Quem é o vencedor hoje? Os filhos das ejaculações de Esmeralda? O índio cheira a índio. Mas o branco cheira a branco, como uma água tépida e sulfúrica. Cheiramos todos, um pouco mais, um pouco menos. É preciso se adaptar.

— Você esteve lá em cima, no Cotopaxi. Evidentemente, não viu os deuses; é preciso ver para crer. Mas não deixou de ver o cor-de-rosa, o roxo, o azul-escuro dos *seracs*, as fumarolas indecisas da cratera. Os deuses o viram passar, esfalfado, titubeante, atrás da inútil vitória. Decerto riram quando você superou as escarpas como um cavalo bêbado em busca de fôlego. Ele é mais difícil de domar que o cansaço. Você chegou para ver as *quebradas* dos primeiros dias, as torrentes furiosas ávidas por lavas desintegradas. Terá visto os cavalos selvagens nas escarpas do Kayembé. O medo dos amanhãs à beira dos vulcões tranquiliza o deus Sol dos incas. Ele triunfa nos corações simples.

— Não vi nada de inútil. Os conquistadores derrubados foram imobilizados na lava negra. Vi seu povo nas margens do rio. Eram como pássaros doentes sobre estacas carcomidas. Eu gostaria de ter sido um condor.

— A montanha deve ser bonita lá de cima. No nível dos homens, há putrefação. O lodo amolece a alma e a miséria endurece os corações. É preferível ser um ladrão, é menos desonesto que exercer o poder.

— O que as crianças irão fazer?

— E na sua casa, na Europa, o que fazem elas? Até mais!

Meu motorista está cansado. Levo-o para beber. Depois, irei ver o Clinton na televisão do café. É uma boa história. Até mais, *gringo*.

17 de setembro de 1997

A garotinha não dá a mínima. Canta, ainda a ouço.

Subo a avenida Amazonas. A juventude de Quito está nas varandas — os ricos. Os pobres se digladiam na calçada escura.

Há risadas, os faróis dos carros enlouquecidos, o passo hesitante de um índio bêbado, a carne grelhada, o milho marrom e a bala caramelada. Houve greve. Ficaram as cinzas das fogueiras de palha acesas ao acaso.

Com o retorno da calma, uma embriaguez de maconha invadiu as ruas, joga-se dominó, dados. Você perdeu. Não tem dinheiro? Não pode jogar. Não faz mal. Ouço a garotinha de Quito cantar. Guio-me pela sua voz. Por que um grita assim: *La vida, la vida, viva la vida.* Vai ser esmagado, *loco*. Ele some com seus cartazes como um títere: *Jesus está con nosotros. Jesus está con nosotros.* A garotinha não canta mais. Perdi-a.

Há um imenso monte de carne numa cadeira de rodas. Um rosto intumescido vacila no topo. Duas fendas minúsculas para os olhos ocultam o olhar. Ele acaricia um toca-fitas com sua mãozorra. Encontrei minha garotinha. Está atrás da cadeira do Homem-Elefante. Ele vomita algumas palavras com uma baba marrom. Esmaga um botão do toca-fitas e um acordeão desesperadamente alegre crepita para a minha boneca. Ela canta, frágil e mecânica, a bonequinha encardida de Quito. Ela já desistiu. Não olha mais, fita alguma coisa bem longe. Alguma coisa invisível para nós. A pequena vendedora de balas, ainda mais jovem, toda de cor-de-rosa, como um algodão-doce, a observar com inveja.

Um velho senhor distinto sorri para mim. Murmura num francês impecável: "A casa dela fica colada nas escarpas como todas as outras. Não há nada lá em cima. O senhor devia ver. Não à noite, claro, só há fogueiras de eucaliptos e brilhos de facas. Fique na luz se achar uma."

Ele se apoia no meu braço. Tem um perfume de mulher. Parece não respirar entre as frases.

Não escutei tudo. O acordeão extinguiu-se. A garotinha empurra o monte de carne pela sombra. Há uma moeda na calçada, uma moedinha de nada que brilha. A vendedora cor-de-rosa desapareceu.

Volto. Nada mais a fazer.

B.

DIÁLOGO

— *Falei com você acerca das Marquesas antes de partir. Você ficou mudo. É uma realidade desenhada em água-forte. Lá você vai se perder em marinas ultramarinas, verdes-esmeralda, azeites amarelos contra fundos de galo. Você vai morrer nas ocres. É Gauguin em movimento. Lembre-se, a taitiana azul, as garotas, a refeição de frutas.*
— *Tudo isso me deixa paralisado.*
— *Impagável. Não se faça de tolo, Roland, sua cabeça nos basta. Precisamos de um rosto de centauro. Teremos que ser dois para sermos apenas um. Saia da casca e cuide dos brônquios. Quanto a mim, estou treinando nos Andes. Voltarei para deixá-lo em levitação polinésia.*
— *Não estou muito em forma.*
— *Vai ser tudo muito rápido até abril e preciso que você esteja pronto, preparado, mimado, a cabeça como um giroscópio e o olho como uma bússola apontado para o arquipélago. Você deve ser um GPS obcecado pela seguinte posição: 9º de latitude sul, e 139º 30' de longitude oeste. É preciso um bom ciclone na cabeça, Roland, borrifos que respingam e carregam todos os temores. Não tenha medo do que é único.*
— *É isso que me dá medo, que seja único.*

Paris, 18 de outubro de 1997

Às vezes penso nesses maravilhosos encontros. Em Madagascar, com Marie a inocência, na Amazônia com um certo Osmar Shutz. Lembro-me dos rostos de Puerto Montt no Chile, da Patagônia, dos livros de Bruce Chatwin, de Coloane. Lembro-me do Japão, das ilhas como uma flotilha ancorada retesando desesperadamente suas correntes.

Houve aquela mulher, um inverno, nos alcantilados de Cassis. Ela chorava contemplando o mar. Estendi a mão, ela se afastou sem me ver. Acho que foi ela que morreu no dia seguinte. Havia uma notinha no jornal de Marselha com uma foto desfocada. A jovem sorria, irreconhecível, mas acho realmente que era ela.

Outra noite, no teatro, um casaco deslizava no mármore. A dama flutuava entre os reposteiros vermelhos. Ela se voltou para um homem com um olhar espantado, um olhar em equilíbrio. Um vento frio entreabriu seu casaco. Ela sentiu um arrepio, hesitou um instante, depois juntou-se a um cavalheiro elegante, paciente. Desapareceram com uma corrente de ar.

A propósito de correntes de ar, evite-as! São más companhias para você.

Um abraço.

B.

DIÁLOGO

— *Você voará com seu tanque nas asas de um DC-10 e desembarcará na outra ponta do mundo, deslumbrado.*
— *Conte!*
— *Eu tinha dezessete anos, três longos meses já de circunavegação, de Brest até Veracruz, do Panamá até Hokkaido, das costas chinesas até o cabo Horn. Bastou uma vassourada nas nuvens na estação das chuvas para que Nuku Kiva aparecesse bem à nossa frente. Alvaro de Mendaña de Neyra descobriu as Marquesas no século XVI e dessa forma prestou homenagem à marquesa de Mendoza, mulher do vice-rei do Peru. Vejo-a nitidamente, essa marquesa, sob sua mantilha preta, entregar-se a uma paixão devoradora e culpada com o belo Alvaro. Esta não é nossa história, voltemos às Marquesas.*
— *É o paraíso?*
— *O que sabe a respeito do paraíso?*
— *Sei o que os viajantes contam.*
— *Desconfie deles, sua memória é uma borracha, apaga a feiura. Como Cervantes, o viajante em geral descreve apenas a beleza. Quer acreditar nas lendas e no feitiço. Não se regozija com o horror. A miséria e o infortúnio são estorvantes. Ele só desenha o que sonha ou anseia. Esboça mulheres*

gráceis, sensuais, frágeis. Esquece aquelas curvadas para o chão, uma criança nas costas, que arranham a terra de cinza ou a argila rachada. De volta dos campos, elas se enfiam nos fogões e, como última tarefa, para terem finalmente a paz, deverão dali a pouco aceitar o gozo do macho. O viajante quer embriagar-se, não desesperar-se. Dom Quixote quer que a vida seja um romance de cavalaria e Sancho Pança não vê senão a triste realidade dos homens. Quem é o mais feliz?

— Você me enche, francamente. Verei as Marquesas como você as conta. Eu também, quando sonho, há pastores músicos, mulheres lindas e ricas, finais felizes, uma felicidade impossível. Quando o infortúnio abate-se sobre a beleza e o amor, o contador faz disso uma lenda. Se soubesse as lendas que inventei à toa em cima do meu tanque nos corredores de Saint-Jean!

Paris, 12 de novembro de 1997

R.

É apenas um susto. Você só teve isso, sustos. Você sempre me disse: é só uma bronquite, uma banalidade. Não posso acreditar que esse susto seja mais estorvante que os outros. Banalidade, a gente tira do caminho. É preciso estrangulá-la no ovo, asfixiá-la desde o começo, senão ela se agrava. Você sempre foi mais forte. Não devemos permitir que uma banalidade exista. Voto por um aborto das banalidades, um holocausto, uma caçada exaustiva, uma perseguição com cães ensinados a farejar a menor banalidade. Sou por um massacre sem piedade. Ria um pouco, por favor.

Não esqueceu as Marquesas? É em abril, meu chapa. Está com medo? Um pouquinho?

A única mochila que carregarei nas costas quando for para lá será você. Não irei sozinho dessa vez. Levei-o por toda parte sem que você deixasse sua barquinha monoposto, sem que abandonasse sua torre de controle e seu computador. Você veio comigo por procuração. É o fim da facilidade e das pequenas covardias. Dessa vez, viajaremos juntos de verdade.

Você precisa deixar seu quarto para ir para o hospital: considere isso uma etapa intermediária. É preciso ser razoável, lhe disseram. Não tenho certeza de ser um termo que o tranquilize. Vá se for preciso e fique o menos tempo possível.

Iremos todas as manhãs com uma espingarda automática abater tudo que se mexe, uma vez que é disso que se trata. Você não pode estar pensando que iremos abandonar o humor em prol da monotonia. Isso também eu liquido. Foi você quem me ensinou a atirar no rol das queixas, a disparar na depressão. Ambos queimamos cartuchos. Ainda nos restam alguns, de grosso calibre. Vamos nos divertir.

Volto amanhã.

B.

DIÁLOGO

— *O* Jeanne d'Arc *não tinha nada do* Boudeuse *e eu não era Bougainville, mas, puxa. Eles todos passaram por aqui, os Wallis, Cook, Melville, Loti, Stevenson, London e mais tarde Gauguin, Segalen e Brel. Brel, seu colega que partiu cedo demais deixando-o só, imóvel em seu tanque. Essa viagem para o Pacífico Sul é um cometa que é preciso agarrar pela cauda. Só temos direito a uma volta, Roland!*
— *Bougainville dizia que "é o único canto da terra habitado por homens sem vícios, sem preconceitos, sem necessidades".*

20 de dezembro de 1997

R.
Eu realmente não queria que você permanecesse no quarto. Com todos esses tubos, você lembra um escaravelho de bruços. Não quero saber o que você rumina.

Espero-o no fim do corredor. Há uma plaquinha luminosa verde e branca, como nos teatros: SAÍDA.

Espero você lá.

B.

21 de dezembro de 1997

R.

— Cook veio até aqui em 3 de junho de 1769 para observar Vênus passar sobre o sol. Estamos na *Terra australis incognita*. Os mapas do século XVIII ainda repetem isso. O *Bounty* está avariado. O capitão Bligh veio procurar a fruta-pão para alimentar os escravos das Antilhas. O senhor Christian está no convés. Brando se diverte. A propósito da fruta-pão, um dia nessas ilhas um velho, antes de morrer, quis realizar uma coisa espantosa para o seu povo, que passava fome. Cavou um buraco, enfiou os pés nele e depois não se mexeu mais. Seu torso ficou duro, sua pele como uma casca áspera. Seus pés criaram raízes, seus membros se esticaram, formaram dez braços, vinte braços, depois centenas. Suas mãos, mil folhas espalmadas, ofereceram aos famintos os belos frutos desconhecidos e foi assim que nasceu o uru, a famosa árvore da fruta-pão. É tão intenso quanto caminhar sobre as águas, não acha? Não vai rir?

— Continue.

— Sabia que Diderot, que conheci bem, dirá em seu suplemento à viagem de Bougainville que "a Europa toca na velhice e o taitiano na origem do mundo"? Mais uma razão para fazer a viagem e tomar um banho de juventude. A eterna ideia louca e estéril de recomeçar tudo desde o início. Apagar tudo com a grande borracha. Taiti ou a Utopia, mas cada um com seu paraíso. Alain Gerbault achava que o Taiti estava agonizante e Reversy que tinha um perfume de desespero. "Taiti Nui tatuada nos nossos corações com agulhas de madrepérola."

Antes de ir às Marquesas, vamos fazer escala aqui, em Taiti Nui.

O navio-escolta está na baía, soldado fiel, elegante, silencioso, em uniforme cinza. Está à nossa espera.

— Veremos os cavalos selvagens em Ua Huka?

— Sim. Seu tanque não se mexe mais, atola. Damos um jeito. Amarro você com duas correias nos ombros. Você parece uma mochila, meu velho Roland.

— E então partimos para os cumes. Vamos nos aproximar das nuvens.

— Há sempre uma acima da montanha, como um chapéu amarfanhado. Sabia que Gauguin passou a infância no Peru? Tinha bicho-carpinteiro. Embarcou aos dezessete anos. Como eu.

— Ei! Ei!

— Mas as semelhanças param aí!

— Eu não disse nada.

— Você pesa, eu o coloco em frente à cachoeira. Você tem sede de luz.

— E de água cristalina.

— Estamos com a bunda em cima do vulcão. Um vulcão com um grande colar de espuma. O mar está bem-comportado nesse dia. Irei mergulhar por você, trarei conchinhas, marias-sem-vergonha, anêmonas, talvez pudéssemos descer seu tanque na lagoa. Um tanque batiscafo para o Imóvel. Enfim, você também tem bicho-carpinteiro. Em sua cabeça, a direção muda a cada onda. Você viu?

— Vi.
— Sensual.
— Hein?
— Eu disse sensual.
— Eu tinha escutado.
— Sim, sensual, a bela, as mulheres navegam no vento como a alga no oceano. Agitam-se como a maré. Não sofro de enjoo. O marinheiro veterano cambaleia e sonha com amores lascivos. Os pioneiros esgotados, sedentos, excedidos por forças recalcadas, viveram seus amores aqui. E o que importa morrer, pensavam os revoltados do *Bounty* depois que o capitão Bligh os houvesse arrancado dos braços das mulheres de âmbar? Houve muitas doenças por aqui, sífilis, tuberculose, gripe. A civilização do velho Ocidente mata sem concessões. Ela impõe suas certezas. Corrompe e é corrompida. É sempre tarde demais. Nós, os marujos, estávamos perplexos com as culturas extintas. Nossos predecessores, os marujos descobridores, os marujos desbravadores, colonizando pelo amor, iniciadores da mestiçagem, não queriam conspurcar a beleza. Eles não sabiam. A civilização chegou como uma onda cansada, esgotada.

— As ilhas ficam muito longe, é a sorte deles.
— Não é bem assim, nada é longe hoje em dia. Observe esse magma lá embaixo: automóveis e carnes humanas. Elétrons loucos, moléculas que se agitam.

— Empreste-me suas pernas, vamos descer pelo pescoço do vulcão e amanhã pegaremos o barco. De ilha em ilha, na expectativa deliciosa de ver uma terra perdida sobre o oceano desenhar-se ao amanhecer... Leve-me às Marquesas.

— Venha, levo...

— Em que está pensando?

— No ouro do corpo deles, "essa pele de âmbar envernizado de cuja suavidade perturbadora não suspeitamos ao passar", dizia Gauguin. Não é possível que ele tenha sido um monstro. Preciso lhe falar de Loti e Rarahu. Você a viu?

— Claro que a vi, com seu chapeuzinho de domingo. Seu marinheiro parecia orgulhoso. Ela olhou para você por um instante com um sorriso relâmpago e você escreveu a continuação.

— Às vezes a continuação acontece. Em cada escala, você se julga o amor único, exclusivo. Em cada encontro, você julga segurar a eternidade pela cintura, mas ela termina sempre por sorrir para outro. A eternidade é livre.

Eu fui esse marinheiro. Eu conhecia o efêmero melhor que qualquer criatura terrena. O mar desaprende o que os portos lhe ensinam. Volta a capturá-lo onde quer que você esteja. Está se lixando para os amores de porto. Se você fica, você deserta, terminando beberrão no indefectível bar do cais. Não há ilhas onde exilar-se, não há vale Taipi. Então você sonha voltar ao mar para outras fugacidades. O tempo se estica, distende-se como uma carne elástica. Lá de cima pode-se ver o navio da Royale, imóvel, adormecido como um soldado cansado. O cargueiro *L'Aranui* atravessa a barra, ofuscado pela espuma. Na estradinha, à direita, há flamboyants irrompendo do asfalto. Tudo cochila a essa hora, inclusive eu. Apenas o amigo imóvel de olho esgazeado diante da tela do kinopanorama.

— E Jacques?

— Está cantando.

— Nunca passaremos de *popaas* (brancos). Nunca saberemos dizer corretamente *Aita Pea Pea*, para que se estressar?

— Acenda um cigarro para mim!

— Observe a goleta, é um mercador chinês. Tive uma noiva mestiça em Papeete. Mãe taitiana, pai chinês. Nunca esquecerei seu olhar na partida do *Jeanne*. Meu uniforme branco estava impecável. Eu estava de sentido sobre o passadiço, estavam retirando a escada do portaló. Ela me observava em silêncio, flores murchas nas conchas das mãos. Uma oferenda banal que ela atirou nas águas para que eu voltasse um dia. O navio se afastou, ela foi diminuindo, diminuindo aos meus olhos, e depois desapareceu na bruma de calor. Eu passara horas cegas em sua cabeleira noturna. Voltei um ano depois, não a revi. Dessa vez, conheci Iva. Tinha cetim na concavidade das coxas. Havíamos feito amor infindavelmente. Ela se enrolava em mim como uma buganvília e dormia, confiante. Bêbado pela manhã no cais, eu esperava a chalupa. Ela só largava minha mão no último instante, arriscando-se a cair na água tépida. Sorria, tão feliz com a minha partida quanto com a minha chegada.

— Vai amanhecer, os Tikis nos vigiam.

— Onde isso?

— Em toda parte, os Tikis nos protegem, estamos tranquilos.

— Você falava do Taiti, de Otaiti.

— Sim, da "nova Citera", nas palavras de Bougainville. Ele conhecia mitologia. Citera dedicada a Afrodite, deusa do amor. Aqui, ele viu Afrodites em todo canto, o que explica esse nome de batismo. Deusas morenas vestidas com gardênias brancas. As bananeiras são catedrais. Nossos sacerdotes cheios de suas certezas declararam tabus o amor livre, a nudez, os perfumes, os ritos etc. Oro reinava sobre as ilhas, sobre suas fêmeas, como um umbigo no oceano deserto. Seu Deus tem lugar aqui?

— É seu Deus também, mas você não sabe.

— Ah, sim! Estava brincando. Veja, escute! Monsenhor Dordillon, segundo bispo das Marquesas, que no entanto chocara uma obra inteligente na forma de um dicionário, botou um segundo ovo, um código para os nativos: proibição de bater o tambor à maneira pagã, de passar óleo no corpo, de usar colares de frutas de pandanos, roupas impregnadas por cheiros, de se tatuar, proibição de tomar banho nu etc. Não estou falando do amor.

— Nada a ver com Deus. Você está me falando de um imbecil, de um cretino. Tão aberto quanto um talebã. O amor é um dom, não se recusa, se partilha. O amor não tem dono. Eles se esconderam para partilhar o amor.

— Os homens lívidos converteram crédulos. Prometeram-lhes a esperança e a luz vital. Existe outra luz sem ser esta sobre as ilhas? Outro paraíso? "Os homens e mulheres que afloravam do batismo tinham os olhos mortos", dizia Segalen. E o casamento, que ideia esquisita! E que costumes esquisitos! Tristes cantos os nossos.

— E recomeçou.

— Sim, recomeçou, meu velho, sacrifícios humanos, refeições canibais, antropofagia, terra implacável. A doçura é um mito. Mas o que trouxemos de melhor?

— Minha boca está seca por uma Hinano. Uma boa cerveja, topa?

— Iremos ao porto antes de embarcar.

— Acha que estão à nossa procura?

— Não ligo a mínima, não é a hora.

— Vamos, solte-se! Isso consola.

— Vou terminar minha vida num bangalô sob as mangueiras e os pandanos no fim de uma aleia de alfarrobeiras em frente ao mar. Comerei peixe cru e algas afrodisíacas. Você ri.

— Vê outra coisa para fazer?

— Sim, ser acariciado pelos alísios no poente.

— Estou louco por uma Hinano, você me fará bebê-la lentamente lendo *Os imemoriais* para mim. Tenho sede de tudo, você sabe.

— Compreendo. Se o Queen's ainda existisse, beberíamos lá a sua cerveja, lá também se tem sede. Segalen e London não conheceram o Queen's, era um bar-dancing no porto. Capital das bebedeiras e do estupro. Era uma espécie de taberna para parasitas dos mares, pilantras de todo tipo, taitianos alcoólatras, mulheres da vida, marujos e soldados de passagem. Era preciso andar abaixado para chegar à sua mesa ou à garota cobiçada. As garrafas de Hinano voavam em todas as direções. Socos e corpos frouxos, atirávamos os nocauteados na calçada. De manhã, parecia não ter acontecido nada. Vivi isso como um fantasma, jovem demais para a embriaguez da desesperança. Desesperança de quê, eu lhe pergunto. A garota enxugava minha testa esperando a paz. Há sempre um sorriso no despertar desse país. Não é fácil ser um homem. Talvez eu me embriagasse para esquecer o que foi esquecido.

— Sente o cheiro da baunilha?
— Tudo tem cheiro de baunilha neste recanto.
— E as Marquesas?
— Vamos logo. Vulcões sem colares de espuma e corais. Costa ao vento dilacerada pelas ondas de água. Azul demente bordado de branco engastado na lava negra. As Marquesas foram invadidas pelos ratos.
— Vamos nos acalmar.

De ilha em ilha sem fim. É preciso muitos dias para seguir com o vento. O navio está seguro, cheio de certezas ele também, não há erro possível. Ataca o vagalhão com uma segurança de especialista. É uma noite de espuma fosforescente. As estrelas chovem no horizonte, a Via Láctea é um rio de ouro. Você quis ficar no convés, no silêncio, apenas com o ronrom das máquinas e o cheiro do diesel. Eu lhe falara tanto disso. Uma sombra furtiva perto da coxia: um marujo assume o plantão. No passadiço, o mistério das ordens tranquilas, a velocidade do navio, do vento, a rota, a vigilância do mar como uma amante fiel e solícita. Você não sonha, vive. O oficial de plantão tem cara de ator. Não é *A nave da revolta*, está tudo tão calmo. Ontem consegui levar você até a máquina, uma verdadeira expedição pelas portas herméticas, as escadas do portaló e esse maldito vagalhão que quase nos arrasou cem vezes. Foi aqui que eu servi, sim, eu sei, você não ouve nada, eu também não. Então, achou bonito a toca? Eu grito. Eles têm caras simpáticas, nossos grumetes. Estão drogados de graxa e vapores de óleo cru. Está muito quente para você, vamos subir. O suor pinica os olhos. Humphrey Bogart joga cartas com Gabin e Spencer Tracy resmunga depois de um grumete. Isso não é um estúdio, vamos tomar ar.

E, então, num amanhecer...

Oviri está sobre o túmulo do selvagem em Atuona, sobre o de Jacques também. Gauguin desembarcou aqui de uma baleeira com móveis e cavaletes. Era o ano de 1901.

— O louco que pintava loucamente, o pintor dos poetas, roubou os amarelos e vermelhos. Iremos redescobri-los. Eu disse louco? Sim. Todo mundo é louco no país dos sensatos. Os descobridores do mar, os sedentos de ideais. Todos loucos, eu lhe digo, e nós com eles.

— Leve-me.

— O que está dizendo?

— Leve-me.

— Mas cá estamos, meu velho.

— Não, leve-me para a casa das delícias, depois para a do chefe e dessa mulher esquisita que cura com seus pés e seus longos cabelos negros que ela desliza sobre a pele dos poentes. Talvez seja sua noiva de Papeete.

— O poeta morreu, ele nos faz falta.

— Segalen desencontrou de Gauguin. Morrera fazia três meses.

— Jack London passou em 1907.

— Era um navio bonito como o de Stevenson?

— Talvez, mas você, o Imóvel que se mexe, se pudesse correr o planeta, pintar, esculpir, quem você seria?

— Cante.

— Não sei cantar, meu velho. A cor é musical, então observo os pintores que cantam e escuto os cantores que pintam.

— Jacques também pintou as Marquesas. A tatuagem seria a roupa do marquesiano. Faltava charme àqueles que não tinham.

— Prefiro sem.

— Vai saber, sua cultura deixa-o obtuso.

— O que é isso?

— Um *gigys*, uma andorinha-branca. Ela choca um único ovo, que deposita num galho em qualquer lugar. Não há ninho.

— Livre.

— Herman Melville desertou com outro marinheiro para se refugiar num desses vales. Foi recolhido pelos Taipis canibais. Conto a história dele para você na noite em que encontrarmos um lugar sem maçantes, como dizia Molière. Há sempre alguém para azucrinar em algum lugar. Minha mãe adorava essa palavra. Ele nos azucrina, esse sujeito. Eu sempre achava que ela estava falando de um mosquito. O que eu estava dizendo?

— Estou ficando cansado.

— Sou eu que carrego.

— É, mas sou eu que me canso.

— Então, vou descê-lo.

— Você também, desça. Sente-se, não se mexa mais, um instante, apenas um instante, uma vez só.

— Estou quieto.

— Você ocupa muito espaço na paisagem.

— Obrigado.

— Não, cretino, eu queria dizer que estou pouco me lixando para as Marquesas sem você.

— E eu, sem você eu não teria voltado. Veja bem, eu dancei ali, perto daquela igrejinha. Havia uma orquestra de aldeia com violão, yukulelê e tambor pagão. Dancei com as mulheres. Respirei seu perfume, sua juventude. Atravessei a montanha a cavalo como um conquistador do amor. Um policial de short branco me acompanhava. E depois redescobri o cheiro da graxa e da tinta fresca. As máquinas são inebriantes à sua maneira. No porão há caras de sono, suadas, o ronrom dos plantões, os sonhos em fragmentos, achando que um dia voltaremos para não mais partir. E depois os mares nos separam, esquecemo-nos de um hemisfério a outro.

Você, por sua vez, olha as imagens, o livro de Oviri, os desenhos, *A mulher com a manga*. Você olha além, você já partiu.

B.

Paris, 24 de dezembro de 1997

Nosso sonho derradeiro poderia realmente nos ter levado às Marquesas. Poderia.

Pintei esta última viagem à nossa maneira, com as imagens do Grande Sul, as terras das primeiras manhãs, o arquipélago da felicidade.

Sonhamos a dois, Roland, por iniciativa sua, como sempre. Tínhamos começado juntos um pequeno treinamento, um passeio de barco a vela no litoral da Vendeia. Sim, eu sei, esse pedacinho do Atlântico não é o Pacífico e Ré não é Nuku Hiva. Mas qual é o problema? As Marquesas não ficavam tão longe, no fim das contas. Você nos disse: "Vejam, rapazes, o que me dá mais prazer é ver minha cadeira se afastando na praia, sozinha, sem a minha presença. Está sendo tragada pela areia." Navegamos até que ela desaparecesse, essa cadeira maldita... E depois... teríamos efetivamente que ter voltado.

Você decidiu separar-se dela e viajar livre como as borboletas do silêncio.

Eu compreendo, era forte demais.

As Marquesas devem ser bonitas do outro lado do mundo. Uma pérola quente no nosso inverno. Um arquipélago, um colar de flores sobre a esmeralda. É um canto sobre o Pacífico. Pacífico, a paz enfim! Meu velho Roland, eu queria ver sua cara, desafiando o mar aberto, o sorriso torto como uma piscadela do coração, o cigarro na boca como Prévert, o nariz nas estrelas.

Aita Pea Pea — Para que se estressar?

B.

Este livro foi composto na tipologia Adome Garmond Pro,
em corpo 12,6/15,8, impresso em papel off-white 80g/m²,
no Sistema Cameron da Divisão Gráfica
da Distribuidora Record.